Jacques Rivière
Alain-Fournier

Une amitié
d'autrefois

Lettres choisies

*Choix, établissement du texte
et avant-propos d'Alain Rivière*

Gallimard

Il ne sera peut-être pas évident pour tous les lecteurs d'Alain-Fournier et de Jacques Rivière de retrouver dans ce livre leur correspondance amputée de toutes les petites incises ménagères, familiales, estudiantines ou militaires qui enchâssent leurs plus beaux passages.

Mais si l'on ose porter une main sacrilège sur ce précieux collier de perles, comme nous le faisons dans cette édition abrégée, on s'apercevra que leur beauté sera bien plus manifeste, éclairée comme par un soleil qui se couche sur des pics montagneux en laissant dans l'ombre les vallées endormies.

Ainsi condensée, la correspondance des deux merveilleux amis se révèle dans sa structure fondamentale et ne laisse pas l'esprit s'attarder aux petites nouvelles telles que Pelléas va être joué dimanche, ou encore la liste des livres qu'ils ont achetés ou le sommaire des thèmes qu'ils ont l'intention de traiter dans leurs lettres prochaines.

Cette justification acquise, le lecteur s'apercevra sans doute que notre propos n'est pas réducteur, bien au contraire. La sélection n'empêche pas de suivre au fil des pages la lente et insensible éclosion de leurs « grandes âmes » assoiffées, et de les entendre célébrer passionnément de jour en jour leurs découvertes et leurs émotions.

C'est alors que chacun des deux jeunes gens se met à nu à nos yeux dans son originalité et sa grâce propre.

Écoutons-les dès leurs premières lettres (ils ont dix-neuf ans et sont en « cagne » à Lakanal) :

« Est-ce que pourtant tu n'as pas senti passer, ce soir, écrit Alain-Fournier, la vieille tiédeur avant-courrière d'un printemps ?

... Tu ne serais pas qui tu es si tu ne savais pas qu'il y a des choses qu'on ne peut ni dire ni écrire... »

« S'il est vrai, répond Jacques Rivière, qu'il y a des choses qu'on ne peut ni dire ni écrire, il est vrai aussi qu'il y en a qu'on peut écrire mais pas dire. »

C'est tout ce que l'on ne peut pas dire que Jacques Rivière et Henri vont s'efforcer pendant dix ans d'écrire l'un à l'autre, chacun à sa manière.

Celle de Fournier fait penser à un joueur de guitare qui pince rêveusement ses cordes sans souci de réciter réellement une mélodie précise. Au hasard de la mémoire les souvenirs se pressent et les mots apparaissent d'abord dans un désordre délicieux : « la pluie... les jours anciens... le réveil des colombes... l'appel de la jeunesse... » tout ce qui a pavé sa vie de réalités tendrement chéries qu'il énumère puis lie soudain comme une gerbe pour en faire un poème :

« Dans chaque paysage, au bord de la moisson
   mûre l'ombre d'un bois là-bas
plein de désirs et de promenades impossibles venait doucement s'appuyer... »

Vous trouvez cela au coin d'une page comme un bouquet inattendu sans autre dessein que de susciter l'émotion et de faire partager son amour de la terre.

Puis viennent les affrontements de caractère.
Jacques Rivière fait très vite une critique rationnelle de son ami poète : « je trouve que tu as un penchant à la sensiblerie », écrit-il, puis, comme s'il craignait de l'avoir blessé, il avoue : « Le gros mot est lâché. »

« *C'est de la sensiblerie quand c'est raté* », lui répond vertement son ami qui se heurtera toujours à la raison inflexible de Jacques. Lui, cherche dans l'œuvre d'art à extraire les idées qui s'y cachent. Par exemple, chez Claudel.

À quoi, Henri répond : « *De quel droit le disséquer ainsi et en sortir une idée ?* [...] *Moi je me suis laissé porter par le merveilleux détail de ses immenses idées. Je n'ai pas eu l'espoir audacieux d'en prendre conscience du premier coup. Je repasse dans* Tête d'Or *comme dans un monde, et dans une vie que j'aime comme si je l'avais déjà vécue.* »

Tout est dit. Jacques poursuivra sa lumineuse critique littéraire qui fait ressortir le pourquoi et le comment d'une œuvre comme s'il en était l'auteur.

Henri poursuit son chemin, la badine à la main en cueillant des fleurs au passage, non comme un dilettante mais comme un amoureux guidé par le parfum qu'a laissé derrière elle sa bien-aimée : la Beauté. Tout cela vibrant de jeunesse et d'amour, pétillant d'intelligence et de sagesse précoce, pourtant traversé de jours sombres mais aussi de grands rêves de gloire.

N'est-ce pas de jeunes âmes de cette trempe dont nous avons besoin aujourd'hui dans un monde qui a perdu sa virginité originelle et que

Claudel avait commencé de labourer de « ses paroles premières, venues intactes de la primitive humanité » ?

Il y a là aussi un modèle, celui d'une culture de l'amitié. Au-delà des bourrades de potaches ou plutôt à cause d'elles, deux âmes se touchent, se reconnaissent, jettent un pont par-dessus l'abîme de leurs différences et de leurs oppositions, et, à cause d'elles, se rejoignent dans une recherche passionnée de leur moi qui, lentement, se forge sous le coup de la critique fraternelle, s'enrichit à la lumière des œuvres découvertes ensemble, se libère du « trop-passé » qui retarde leur marche, se fond enfin en une indissoluble passion de se transfuser l'un à l'autre le sang de leur vie.

Lisez ces pages brèves avec reconnaissance. Il existe encore un humanisme auquel nous pouvons nous-mêmes nous ressourcer.

Alain Rivière.

instituteur et qui sera nommé le grande Henri
(nom Alain-Fournier.

NOTE DES ÉDITEURS

Ce sont deux jeunes gens qui viennent de leur province. L'un est du Berry, c'est Henri Fournier qui signera son premier roman *Le Grand Meaulnes* du demi-pseudonyme d'Alain-Fournier en 1913 et qui est encore très lu de nos jours.

L'autre est Jacques Rivière. Il vient de la Gironde et deviendra le directeur d'une prestigieuse revue littéraire : *La Nouvelle Revue française*, fondée par André Gide, à laquelle Jacques sacrifiera son œuvre personnelle. C'est la raison de sa moindre notoriété comparée à celle de son ami Fournier.

Tous les deux préparent l'entrée à l'École normale supérieure : la grande porte qui ouvre les carrières littéraires et artistiques. Ils se rencontrent au lycée Lakanal, le « premier lycée à la campagne » de ce temps.

Le dimanche, ils prennent le train à Sceaux pour découvrir la capitale. Henri y a déjà passé quelques années comme élève au lycée Voltaire. Son père est instituteur et sera bientôt nommé à Paris.

Jacques est né à Bordeaux. Son père est médecin et professeur. Jacques est déjà féru de musique et « possède » presque tous les opéras de Wagner. Il est plus intellectuel qu'Henri et veut raisonner le monde. Henri est plus paysan mais, doué d'une très grande sensibilité, il réagit plutôt en poète.

Ils ont dix-sept ans en 1903.

Leur amitié est née d'une lecture du poète Henri de Régnier qui a porté au comble un commun désir de lecture et l'amour de l'art en général.

Ils vont très vite délaisser leurs études pour courir les librairies, les musées, les salles de concert et les opéras.

Ils échoueront tous les deux à leur examen !

Ils ne connaissent encore que ce qu'ils ont appris en classe et ils ont une faim dévorante d'art et de vie. Paris devient pour eux le foyer de toutes leurs pensées et ils y découvrent les merveilles en tout genre qu'il recèle et que fait bouillonner leur époque. « Paris, cœur du monde », disent-ils et lorsque Jacques échoue à l'École en 1906, il est renvoyé à Bordeaux avec une bourse pour finir ses études.

C'est un désastre !

Heureux désastre qui nous vaut leur correspondance à travers laquelle ils poursuivent ardemment leurs recherches, la recherche de ce qui fait vivre, aimer et mourir. Vie intense qui s'achèvera trop brièvement pour Henri qui disparaît à la guerre en 1914 à l'âge de vingt-huit ans. Jacques ne lui survivra que dix ans. Il meurt d'une typhoïde en 1925 à l'âge de trente-neuf ans.

La pensée de ces jeunes gens est étonnante.

Jacques, nourri de Barrès, poursuit en parallèle à son amour de l'art une recherche spirituelle en même temps que rationnelle qui le conduira à écrire à Claudel pour le supplier de lui donner une réponse : « *la* réponse » à son inquiétude native. Une longue correspondance s'établira entre eux dès 1907.

Henri, plus naturellement religieux, cherche moins l'explication du monde que son ami. Il se contente de le vivre religieusement dans le respect de ce qui *est*, pour quoi il a un regard qui transfigure toute chose. Il sera plus attiré par le christianisme contre lequel Jacques se débat désespérément sans vouloir se soumettre à ses rites, mais il sera tout de même ce que Mauriac appellera « *anima naturaliter christiana* ».

Au-delà des dogmes, Jacques pense chrétien. Henri, lui, *vit* chrétien.

Leur correspondance est un tableau vivant de leur histoire humaine et de celle du monde qui les entoure de richesses foisonnantes dont leur époque déborde.

Tous les deux sont écrivains.

Henri nous laissera *Le Grand Meaulnes*

Jacques sera directeur de *La NRF* en 1919.

La sélection

Pour cette édition abrégée, les éditeurs ont adopté le principe sélectif de relever les principaux thèmes qui se dégagent de leur deux jeunes vies en formation et en inquiétude de l'Absolu.

Nous les avons rangés chronologiquement et parallèlement à la fois, à l'intérieur de petites cellules où l'on voit se développer leurs admirations, leurs tendances spirituelles ou artistiques, leur personnalité surtout, qui s'affirme progressivement tant bien que mal. Et cela va des enthousiasmes esthétiques qu'ils jugent avec une pénétration rare pour leur âge, aux sombres jours du service militaire qu'ils transforment en une longue méditation sur les paysages qu'ils traversent et les souffrances qu'ils endurent. C'est là qu'on voit se dessiner peu à peu leur vocation de romancier et de critique au cœur de la vie culturelle.

Chaque cellule forme un tout relié à la trame du temps sans y être strictement subordonné.

Chaque lettre, ou extrait de lettre, est précédée des initiales de son auteur : J. R. pour Jacques Rivière, A.-F. pour Alain-Fournier, suivie de la date de rédaction.

PREMIÈRE PARTIE

LAKANAL

Le lycée Lakanal
Ta simple présence silencieuse
Des choses qu'on peut écrire
mais pas dire

Lakanal. C'est là que les deux garçons se lièrent pour toujours d'une amitié portée à son comble par la découverte commune de la littérature contemporaine dont les deux provinciaux n'avaient pas encore eu connaissance. Leurs professeurs : Mélinand, Vial et Franck, surtout, les ont intelligemment ouverts aux arts alors en pleine expansion à Paris.

À dix-sept ans ils ont déjà une plume et une âme d'écrivain.

LE LYCÉE LAKANAL

Nous nous étions liés au lycée Lakanal, où nous étions entrés tous les deux en octobre 1903 pour préparer l'École Normale Supérieure. Nous avions le même âge : dix-sept ans.

Notre amitié ne fut d'ailleurs pas immédiate, ni ne se noua sans péripéties ; nos différences de caractère se firent jour avant nos ressemblances. Fournier, animé de l'esprit d'indépendance qu'il devait attribuer plus tard à Meaulnes, avait entrepris d'ébranler la vénérable et stupide institution de la Cagne, c'est-à-dire l'organisation hiérarchique qui réglait les rapports des élèves de rhétorique supérieure et l'ensemble de rites et d'obligations humiliantes que les anciens imposaient aux « bizuths ». Il avait pris la tête d'une coterie de révoltés, avec laquelle je sympathisais secrètement, mais que ma timidité et mon désir d'éviter les distractions m'empêchèrent de rallier tout de suite.

Je ne pensais pourtant pas à me rapprocher de lui. C'est lui qui me fit le premier des avances, d'ailleurs mêlées de taquineries et de moqueries, qui me furent, je l'avoue ; très insupportables. De toute évidence je l'agaçais un peu, si je l'attirais aussi ; ma nature appliquée, scrupuleuse, méticuleuse lui donnait des impatiences. Il me jouait des tours que je ne prenais pas toujours très bien. Que de fois, en rentrant de récréation, je trouvai mon pupitre bouleversé, mes livres en désordre : Fournier avait passé par là. Je lui en voulais de tout mon cœur !

Mais il tenait à moi et peu à peu la sincérité de son attachement m'apparut, me convainquit, apaisa mes résistances. C'est aussi qu'à côté de son indiscipline, tout un autre aspect de son caractère se révélait à moi, lentement, que je ne pouvais qu'aimer. Sous ses dehors indomptés, je le découvrais tendre, naïf, tout gorgé d'une douce sève rêveuse, infiniment plus mal armé encore que moi, ce qui n'était pas peu dire, devant la vie.

Jacques Rivière
(préface de *Miracles*, 1922)

Ta simple présence silencieuse

A.-F. : Fin janv. 1905[1]

à l'infirmerie du Lycée Lakanal
Ce soir. Sept heures et demie

Mon cher Jacques,

Je te vois d'ici : Thèmes et Versions ; Versions
et Thèmes ; Conférence de Philo, Maeterlinck —
plus ardemment encore que si tu occupais la
place vide derrière moi ! —

Est-ce que pourtant tu n'as pas senti passer ce
soir la vieille tiédeur avant-courrière d'un prin-

---

1. Jacques Rivière est à l'infirmerie du lycée pour quelques
jours.

temps : on parlait d'aller au parc, de sortir, d'imiter Cavalié parti pour Luzech à la suite d'épuisement général. Il faisait encore jour à six heures. Il faisait presque tiède — un petit vent de folie et de printemps passait.

Nous en causions avec Guéniffey. Nous disions : dans sa chambre là-bas, tout seul, il tourne le dos à la fenêtre. La première langueur de l'année ne pénètre pas jusqu'à lui — et alors, Versions, Thèmes, Thèmes, Versions, *Destinée et Sagesse*[1]...

Est-ce que tu ne te doutes pas un peu que tu me manques énormément. Tu vas rire : ta simple présence silencieuse — ta simple présence droite — peut-être sévère m'avait marqué quelque temps, sans que je puisse m'en rendre compte : je souffrais comme une âme en peine.

J'ai pas mal vécu, évolué intérieurement depuis ton exil.

Seulement tu ne serais pas qui tu es si tu ne savais pas qu'il y a des choses qu'on ne peut ni dire ni écrire — qu'on tâche de faire sentir, qu'on sent quelquefois, mais qu'il ne faut pas risquer d'« abîmer » ou de détruire ou de perdre éternellement dans une phrase mal dite qui sonne faux ou qui fait rire.

---

1. *La Sagesse et la Destinée* de Maurice Maeterlinck (1862-1949), écrivain belge qui est l'auteur du texte de *Pelléas et Mélisande* mis en musique par Debussy (1902).

Je ne sais pas moi-même où ça me mènerait.

Je me suis trouvé à lire pendant cette évolution que je te signale *le Triomphe de la Mort*[1] et à voir *La Gionconda* où se trouvent des angoisses que j'admire — sans désormais vouloir les imiter.

Je crois que je vais à la simplicité.

Des choses qu'on peut écrire
mais pas dire

J.R. : Fin janv. ou début févr. 1905

Mon cher ami,

Malgré la fin prochaine de ma pas trop triste prison, je t'écris car s'il est vrai qu'il y a des choses qu'on ne peut ni dire ni écrire, il est vrai aussi qu'il y en a qu'on peut écrire, mais pas dire.

J'ai éprouvé une vraie joie en lisant dans ta lettre de ce matin : je crois que je vais à la simplicité. Oh ! que tu as raison et que c'est bien là

1. *Le Triomphe de la Mort* dernier des « romans de la Rose » de Gabriele D'Annunzio (1863-1938), écrivain italien, auteur également de *La Gioconda*.

qu'il faut en venir à la fin des fins, quoi qu'on fasse, si l'on est sincère — Vois-tu, si j'avais eu quelque chose à te reprocher jusqu'ici ç'aurait été de ne pas être tout à fait selon toi-même — de te vouloir un peu trop original.

Notre premier devoir c'est, je crois, de ne pas faire de littérature dans notre vie. Et c'est notre devoir à nous surtout, dont c'est presque le métier d'être lettrés. Tâchons de toute la force de nos âmes de rester simples et sincères envers nous-mêmes. On est toujours mieux que ce qu'on voudrait être, et il n'y a jamais de désavantage à se montrer comme on est : au moins l'on peut se dire que ceux qui se moquent de nous, ont tort et ne nous valent pas. Tant qu'on n'est pas *véritable*, on ne peut se dire que les railleurs sont injustes.

En réfléchissant bien, on trouve que l'important n'est pas qu'un homme aime le symbolisme, la musique, les modernes, mais qu'il pense sincèrement, selon la ferme direction de son cœur et de son esprit.

L'ANGLETERRE

L'Angleterre. *Début juillet 1905, Henri Fournier se rend à Londres pour un séjour linguistique. Il a obtenu un poste de secrétaire dans une manufacture de papiers peints, la maison Sanderson and Son dont le gérant s'appelle Mr. Nightingale (Rossignol en français). Tout en remplissant consciencieusement son emploi, Henri visite Londres et les environs, les musées, les jardins, les maisons fleuries qui lui rappellent le Berry.*

Il découvre la peinture préraphaélite et le peintre Dante Gabriele Rossetti dont un tableau, Beata Beatrix, le ravit en lui évoquant la jeune fille du Cours-la-Reine (voir chapitre Yvonne de Galais, lettre du 17 février 1906).

L'éloignement de Paris et l'environnement londonien lui inspirent une intense correspondance avec son ami Rivière.

J'aime les Anglais

A.-F. : 9 juil. 1905

au lycée Lakanal
À lire quand tu n'auras rien
de mieux à faire
[Londres] 9/7-05

Mon cher vieux,

Dimanche matin — dix heures. Claire petite chambre au second étage d'une villa perdue dans la verdure — à ma droite, par la fenêtre, tout un lointain horizon de feuillage et de villas, toute la tiédeur de juillet qui m'arrive, et le calme, le calme immense des dimanches matin à Londres.

Aux murs : au-dessus d'un vaporisateur, à côté du bec de gaz... de petites pancartes comme dans *Oiseaux de Passage*[1] avec des sentences bibliques que je te traduis ! « Le Dieu éternel est ton Refuge — Dieu d'abord : Qu'en toutes choses, Il "prédomine" — etc. »

J'entends vaguement qu'en bas on arrose des pelouses — vaguement mistress (prononcez missiz) Nightingale qui, comme toutes les Anglaises, passe son temps au piano — et puis, de temps à autre, le sifflet du train qui s'en va vers Richmond.

Passons maintenant au détail. (Il est probable que je te donnerai seulement des indications, me réservant de te raconter plus tard en détail des foules de choses.)

VOYAGE, PARIS-DIEPPE. — Je commence à vouloir voir l'Angleterre avec les yeux de Dickens. Je me fais tout un petit roman sur deux *fermiers anglais* qui sont en face de moi. Il me semble que je m'en vais passer mes vacances à la campagne en Angleterre, et que je suis un school-boy de quelque ville de province. Je me rends très bien compte que ça n'est que de la littérature.

---

1. *Oiseaux de passage* : œuvre de Maurice Donnay (1859-1945) et Lucien Descaves (1861-1949), pièce représentée au Théâtre Antoine le 4 mars 1904.

DIEPPE. — Transbordement. Mes impressions se précisent et s'élargissent. Il est minuit.

LE PONT DES ÉMIGRANTS. — Les misères gaies, les misères grotesques à faces barbouillées et rasées, les misères qui s'en fichent, les misères enlacées... Bateau anglais. On crie sinistrement des ordres de départ que je ne comprends pas. On commence à se promener sur le pont et nous partons. Sortis de la passe, nuit sur la mer qui va se confondre dans la brume avec la clarté du ciel étoilé vaguement ; un bateau comme le nôtre passe : c'est-à-dire, dans la brume, un espace piqué de lumières. Je pense irrésistiblement à Whistler[1] à ses marines au crépuscule... La traversée dure six heures. Une heure de sommeil assis, une demi-heure de promenade sur le pont, et ainsi de suite.

— d'heure en heure l'aspect de la mer évolue,

— laiteuse, au petit jour, avec un contre-torpilleur qui passe loin dans la brume du matin.

J'ai un peu froid, dans mon manteau, je regrette de n'être pas enseigne sur ce bateau, de ne pas vivre une vie en uniforme noir, autoritaire et rude à travers la mer, pour aller un

---

1. James Whistler (1834-1903), peintre anglais connu pour ses marines.

jour demander à Toulon la main d'une hautaine jeune fille blonde, dont le père a traversé cinq fois l'Océan[1]. Un couple très jeune, que je crois évadé, s'enlace et se désenlace, à moitié endormi. La jeune fille a le mal de mer et ne sait comment « se mettre ». Elle se promène sur le pont, la tête basse — le jeune homme est excessivement embêté, et lui demande toutes les trois minutes « comment ça va », la tête basse. Si j'étais deux, nous nous amuserions comme des fous, quoique ce soit un tout petit peu triste.

MES IMPRESSIONS GÉNÉRALES SUR L'ANGLETERRE.
a) *Générales proprement dites.* — Ç'a été d'abord l'impression de quelque chose de jamais vu, de jamais vécu, d'un recommencement complet. Si bien que l'après-midi de lundi, jour de mon arrivée, après le lunch aux allures de dînette comme tous les repas anglais, quand miss Nightingale (onze ans), blonde, nez retroussé, robe claire, est partie pour la Gunnersbury-School, il m'a semblé, dans le soleil de ce jardin inconnu où j'étais assis, que moi aussi j'allais prendre la rue déserte et chaude pour aller à l'école primaire.

---

1. Allusion à la jeune fille rencontrée au Cours-la-Reine qui était d'une famille de marins.

b) *Sur les Anglais.* Amour de la nature qui m'a ravi puis un peu ennuyé. Ils la mettent, pratiques, à leur disposition. Tout Londres est plein de parcs où ne traînent ni papiers ni bouteilles, de pelouses où l'on s'assied, où l'on ne se vautre pas. Mais sans avoir l'air artificiel, ça a l'air un petit peu trop courant et commercial, trop confortable.

Amour des fleurs. Des serres merveilleuses dans les parcs. L'Anglais s'arrête quand il sent l'odeur des tilleuls, respire longuement, voluptueusement... Oh ! lovely ! Je dis : l'Anglais, parce que j'ai vu faire cela aux plus « matter of fact » (positifs).

c) *Les femmes.* Je ne peux pas m'y faire : voilà, on les a mises aussi à sa disposition et on n'y prend guère garde. Couramment, on a *sa jeune fille* avec qui on se promène tout seul, et mon jeune Anglais, dès le premier soir, me demandait si j'avais à Paris « ma jeune fille particulière ». Mon épatement ! Et puis leur mise, trop confortable, trop courte, trop claire. J'ai été longtemps à me demander ce qui me déroutait le plus : je me suis aperçu qu'elles ne portaient pas de corset, alors tout ce qu'elles mettent a l'air mal attaché. Avec ça bicyclette, allures masculines et nez en l'air.

Alors, villas dont j'ai longtemps rêvé, nature, pianos, jeunes filles à sa disposition, partout,

tout le temps, j'ai peur que ça finisse par ne plus intéresser ou tout au moins par ne plus impressionner. J'ai peur bientôt, à force d'en entendre, de ne plus sentir « la séculaire tristesse qui tient dans un tout petit accord au piano ».

Pour ce qui est de la femme, je ne crains rien. Elles sont si loin, celles-là, de la Française, ignorée sous sa voilette, lointaine et silencieuse dans les salons lointains et fermés — et si féminine, enveloppée dans ses robes sombres.

À *travers les étés*

A.-F. : *23 juil. 1905*

Après dix jours de tête vide après un travail absorbant, et de crainte de ne pouvoir faire un vers, ces trois mois, j'ai eu la joie délirante d'en trouver quelques-uns dimanche dernier à pareille heure, et pendant toute la semaine de faire la deuxième partie de ma pièce, la plus calme et la plus lointaine, entre deux expéditions, dans tout le bruit de l'usine, *à l'usine* ! C'est un joli tour de force, hein ! Je suis ravi et j'ai des tas d'idées.

Pour ce qui est de ma pièce (intitulée comme elle débute : *À travers les Étés...*) j'ai dit tout ce que je voulais dire sur Elle[1]. J'ai dit tout ce que j'avais pensé et rien de plus, près d'elle. Mais j'ai tout dit, tout ce que je voulais dire.

Le début est rempli de vers libres qui ne sont de toute évidence que des alexandrins découpés et il me semble avoir réussi à démontrer au petit Bichet que c'est tout de même plus fort que des alexandrins découpés.

Ma seule angoisse très réelle c'est d'avoir trois ou quatre fois rencontré Francis Jammes sur ma route. J'en avais peur et j'ai été par trois ou quatre fois tout désemparé. Tant pis.

J'ai dédié en conséquence ma pièce :

> *À une jeune fille*
> *À une maison*
> *À Francis Jammes*

J'ôterai *À Francis Jammes* si vous ne pensez pas à Francis Jammes en la lisant, mais ça ne me fera rien, au contraire, de le laisser. — Moi, tu penses bien que je ne puis pas juger en ce moment.

---

1. « Elle », c'est-à-dire Yvonne de Quièvrecourt qui sera l'héroïne du *Grand Meaulnes* sous le nom d'Yvonne de Galais.

À TRAVERS LES ÉTÉS...

> À une jeune fille
> À une maison
> À Francis Jammes

Attendue
à travers les étés qui s'ennuient dans les cours
en silence
et qui pleurent d'ennui,
sous le soleil ancien de mes après-midi
lourds de silence
solitaires et rêveurs d'amour
d'amours sous des glycines, à l'ombre, dans la
    cour
de quelque maison calme et perdue sous les
    branches,
à travers mes lointains, mes enfantins étés,
ceux qui rêvaient d'amour
et qui pleuraient d'enfance,

Vous êtes venue,
une après-midi chaude dans les avenues,
sous une ombrelle blanche,
avec un air étonné, sérieux,
un peu
penché comme mon enfance,
Vous êtes venue sous une ombrelle blanche.

Avec toute la surprise
inespérée d'être venue et d'être blonde,
de vous être soudain mise
sur mon chemin,
et soudain, d'apporter la fraîcheur de vos mains
avec, dans vos cheveux, tous les étés du Monde.

*

Vous êtes venue :
tout mon rêve au soleil
n'aurait jamais osé vous espérer si belle,
et pourtant, tout de suite, je vous ai reconnue.

Tout de suite, près de vous, fière et très demoi-
    selle,
et une vieille dame gaie à votre bras,
il m'a semblé que vous me conduisiez à pas
lents, un peu, n'est-ce pas, un peu sous votre
    ombrelle,
à la maison d'Été, à mon rêve d'enfant,

à quelque maison calme, avec des nids aux toits,
et l'ombre des glycines, dans la cour, sur le pas
de la porte — quelque maison à deux tourelles
avec, peut-être, un nom comme les livres de prix
qu'on lisait en juillet, quand on était petit.

Dites, vous m'emmeniez passer l'après-midi
Oh ! qui sait où !... à « La Maison des
    Touterelles ».

*

Vous entriez, là-bas,
dans tout le piaillement des moineaux sur le toit,
dans l'ombre de la grille qui se ferme, — Cela
fait s'effeuiller, du mur et des rosiers grimpants
les pétales légers, embaumés et brûlants,
couleur de neige et couleur d'or, couleur de feu,
sur les fleurs des parterres et sur le vert des bancs
et dans l'allée comme un chemin de Fête-Dieu.

Je vais entrer, nous allons suivre, tous les deux
avec la vieille dame, l'allée où, doucement,
votre robe, ce soir, en la reconduisant,
balaiera des parfums couleur de vos cheveux.

Puis recevoir, tous deux,
dans l'ombre du salon,
des visites où nous dirons
de jolis riens cérémonieux.

Ou bien lire avec vous, auprès du pigeonnier,
sur un banc de jardin, et toute la soirée,
aux roucoulements longs des colombes peureuses
et cachées qui s'effarent de la page tournée,
lire, avec vous, à l'ombre, sous le marronnier,
un roman d'autrefois, ou « Clara d'Ellébeuse ».

Et rester là, jusqu'au dîner, jusqu'à la nuit,
à l'heure où l'on entend tirer de l'eau au puits
et jouer les enfants rieurs dans les sentes fraîchies.

*

C'est Là... qu'auprès de vous, ô ma lointaine,
je m'en allais,
et vous n'alliez,
avec mon rêve, sur vos pas,
qu'à mon rêve, là-bas,
à ce château dont vous étiez, douce et hautaine,
la châtelaine.

C'est Là — que nous allions, tous les deux,
n'est-ce pas,
ce dimanche, à Paris, dans l'avenue lointaine,
qui s'était faite alors, pour plaire à notre rêve,
plus silencieuse, et plus lointaine, et solitaire...
Puis, sur les quais déserts des berges de la Seine...
Et puis après, plus près de vous, sur le bateau,
qui faisait un bruit calme de machine et d'eau...

Juillet 1905[1]

---

1. À la réception du poème, Rivière écrit le 20 septembre : « c'est pour mon goût un de tes plus jolis poèmes, et il me semble très bien évoquer ce que j'avais entrevu dans ton récit oral ».

Projets

J.R. : *4 août 1905*

Je t'ai fait entrevoir souvent mes intentions.
Je te résume en quelques mots ce que j'ai dit à
Mélinand[1]. Je veux faire de la Philo ; je veux
faire de la musique ; je veux faire de la philosophie musicale ou *même* créer la philosophie
musicale. T'expliquer ce que j'entends par là est
assez délicat. Car mes idées sont naturellement
encore un peu vagues. Et j'ai besoin d'acquérir
beaucoup de science pour les préciser. Mais
l'objet de mon travail naîtra de mon travail
même. Mon travail aura pour but de découvrir
exactement comment on peut appliquer la philosophie à la musique, faire une esthétique musicale, une science musicale. Si je savais dès à
présent ce que sera cette science, je n'aurais
qu'à me croiser les bras. Je ne peux donc guère
t'en dire plus long pour l'instant. Tu verras ce
que je voulais faire, *quand* ce sera fait. Ce sera
peut-être dans cinquante ans ; je n'en sais rien.
Je travaillerai jusqu'au bout et trouverai... ce
que je trouverai. Si je ne trouve rien, j'aurai du

1. Mélinand, professeur à Lakanal très écouté des deux amis.

moins tenté une œuvre très haute et peut-être très utile.

A.-F. : *13 août 1905*

Dimanche matin, 13 août 1905

Mon cher Jacques,

J'attendais, de toi, le lundi matin, à 9 heures, une lettre : il est arrivé à 9 heures, le Lundi matin une lettre de toi.

Et sinon ragaillardie, c'était bien une lettre ragaillardissante. À la bonne heure, mon vieux, quelle décision, quelle netteté de vues, quel rebondissement après ce semblant de chute !

Je m'étais un peu laissé reprendre par de vieilles tristesses, par l'immense mélancolie du Dimanche londonien qui cette fois était suivi d'un Bank-Holiday, jour de fête et de congé qui revient chaque saison. Je m'étais laissé reprendre par ce qu'on a appelé l'immense « loneliness » (solitude ou plutôt « isolement » de celui qui parle) de Londres ces jours-là. J'avais vu, plus que tout autre, avec terreur, arriver ces jours-là, puisque de ces trois jours, il n'y a qu'une seule distribution de lettres :

Ta lettre attendue à cette unique distribution est arrivée, a culbuté ces tristesses qui s'essayaient à monter à l'assaut et m'a redonné — pour des mois — la confiance et l'ardeur et la joie.

Merci, mon vieux.

Le roman

A.-F. : 13 août 1905

Dès mes jours anciens d'enfance à la campagne, de nuits dans les dortoirs, ce projet se dessinait dans ma tête, projet que je n'osais pas même m'avouer à moi-même — d'écrire.

Mais ce qui est curieux c'est que, d'abord, je ne me croyais pas *capable* de faire des vers, et que maintenant même, mes grands projets ne sont pas des projets de poète, ce sont des projets de romancier.

Voilà le gros mot dit.

Bien entendu, là comme ailleurs, beaucoup plus qu'ailleurs, on n'est un homme qu'à la condition de prendre la plume pour essayer de dire *autre chose*.

Tu m'as entendu parler plusieurs fois avec un sourire d'un roman possible : « Il était une ber-

gère » ou autre. Ce roman, je le porte dans ma
tête depuis des années, moins que cela, depuis
trois ans au plus. Il n'a été d'abord que moi, moi
et moi ! mais peu à peu s'est dépersonnalisé, a
commencé à ne plus être ce roman que chacun
porte à dix-huit ans dans sa tête, il s'est élargi, le
voilà à présent qui se fragmente et devient *des*
romans, voilà que je commence à écrire les premières pages, à me demander sérieusement si j'ai
quelque chose de nouveau à dire. Alors, sérieusement, j'ai eu l'idée de t'en parler à toi ; non pas
de te demander conseil, je *n'espère* pas que personne puisse diriger ce qui vient du plus profond
du plus lointain de moi, mais essayer un peu de
t'en parler, d'éclaircir avec toi ce que j'entends
par roman, de te parler *du Roman* en général.

En passant dans une de ces rues des quartiers
suburbains de Londres, qui sont comme des
routes de campagne avec des châteaux de Sologne ou d'ailleurs qui se toucheraient, on peut
être très remué, s'asseoir sur le bord d'un trot-
toir désert et écrire le roman qui pourrait se passer à la porte en face. Oui, mais avec quoi
l'écrire ce roman ? On en a assez, comme tu le
disais l'année dernière, des vérités psychologi-
ques et autres balançoires à la Bourget.

En cherchant j'ai trouvé trois catégories de ré-
ponses : il y a : Dickens, il y a Goncourt, il y a
Laforgue.

1. Écrire des histoires et n'écrire que des histoires. Commencer avec une maison, finir avec une autre en passant par des champs, des rues ou des bateaux, mais n'avoir que ça d'acquis au début et ne marcher qu'avec ça. Je veux dire laisser sa personnalité à soi et celle du lecteur, joies et souvenirs et douleurs — et créer un monde — avec des matériaux quelconques — où toute joie, douleur, souvenir ne sera qu'en fonction de ces matériaux. C'est bien mal dit mais ça va s'éclaircir par la suite.

Dans *David Copperfield*[1] par exemple, on naît avec lui et si l'on est triste à mourir à la page 160 c'est qu'on est loin de la maison présentée à la page 5. À la page 50, le petit garçon est exilé dans une pension de Londres où un jeune pion pauvre le conduit. On s'arrête pour manger chez de vieilles pauvresses, dont une est la mère du pion pauvre. Le petit garçon s'endort au son de la flûte, de la flûte qu'a tirée le pion pour faire plaisir à la vieille, et qui n'est *que* ridicule, ridicule, désagréable, atrocement ridicule.

Oui mais, à la page 150, par suite de l'indiscrétion du petit garçon, « un grand » fait chasser le

---

1. *David Copperfield*, roman de l'auteur anglais Charles Dickens (1812-1870), comme *Oliver Twist*. Ces œuvres, très appréciées d'Alain-Fournier, qui racontent l'histoire douloureuse de deux enfants, touchaient beaucoup la sensibilité d'Henri en lui rappelant sa propre enfance.

pion qu'il traite avec assurance de mendiant ; le pion soutient toutes les discussions et injures la main sur l'épaule du petit garçon, qui était venu lui demander un renseignement à son bureau, et, le soir, le petit garçon qui avait l'habitude de raconter au grand et aux autres, des histoires au dortoir, ne peut pas y arriver ce soir-là, et quand il a réussi à obtenir qu'on se couche, il lui semble qu'il entend quelque part la flûte de M. Well le pion pauvre... qui joue si plaintivement...

Et le chapitre continue, la vie continue et marche et tourne comme le monde. Mais, à chaque instant, comme c'est un petit garçon qui raconte son histoire, le monde du livre n'est que le monde de ce petit garçon, aussi parfait en son genre, évidemment, comme le disait Mélinand, que n'importe quel autre monde — mais ça n'est que le monde de ce petit garçon.

On vit avec lui, il faut qu'on vive sa vie, il faut qu'on voie vivre autour de lui et ça vivra autour de lui par tous les moyens : tics, grimaces ou larmes il faut que ça vive, il faut que son monde existe, mais on ne connaîtra que ce qui est passé par ce monde, on n'aimera, ne désirera, ne regrettera que ça.

Voilà très rapidement, très abrégé, sans prétention didactique ou autre, ce que je vois dans les romans de Dickens et même dans ses romans comiques. (Je ne parle pas des pages où il a fait des concessions à l'idiotie humaine, comme tout autre, et qu'on trouve même à la fin de David Copperfield.)

J.R. : 18 août 1905

Aveu très franc : je n'aime pas le roman. Naturellement tu comprends et tu ne vas pas m'objecter vingt ou vingt-cinq romans que j'adore. Je veux dire que la forme du roman me déplaît, car les trois quarts du temps, elle me semble une forme bâtarde, le roman consistant à transposer des sentiments personnels, des idées, des visions particulières en les groupant différemment, en leur donnant une signification nouvelle, en les attribuant à des personnages imaginaires qui diffèrent par hypothèse du sujet réel de ces sentiments, idées, visions. C'est pourquoi si souvent le roman me donne une impression de fabriqué, de rajusté, de rapiécé. Sous prétexte de roman Madame de Noailles[1] se promène vraiment un peu trop dans ses livres ; je ne le lui reproche pas, car elle est exquise. Mais alors,

1. Anna de Noailles, princesse Brancovan, poétesse française (1876-1933) très présente dans les salons parisiens. Elle s'est également consacrée à des romans : *La Nouvelle Espérance, Le Visage émerveillé.*

pourquoi ce prétexte, qui n'est plus qu'une vaine habileté littéraire ? Pourquoi ne pas avouer sincèrement ou le faire entendre assez transparemment, que c'est de soi qu'on parle. C'est ce que fait Laforgue[1]. Car la déformation arbitraire qu'il fait des mythes, laisse assez voir qu'il se raconte et s'expose sous des noms divers. Tous les personnages des Moralités sont des symboles de ses idées, de ses croyances, de ses passions. Ce sont des images extériorisées. Mais qui pourrait méconnaître qu'elles sont sorties de l'âme de Laforgue.

Il y a une autre façon d'échapper à l'artifice du roman, que je te signale. Et c'est de faire un roman comme ceux que tu classes dans ta première catégorie, un roman qui soit un monde complet, absolu, indépendant de tout, qui forme, comme dit Bernès[2], « un tout complet se suffisant à lui-même ». Il faut que les personnages vivent seuls, soient ce qu'on appelle bêtement des CRÉATIONS, et que le monde qu'ils voient soit bien le monde qu'ils doivent voir, étant tels. Le malheur c'est que pour écrire un semblable roman, il faut du génie puisqu'il faut CRÉER. Le poète ne crée pas. Il répercute ce qu'il entend en lui et le traduit.

1. Jules Laforgue (1860-1887), poète français mort à 27 ans, qui eut une grande notoriété parmi les écrivains symbolistes de l'époque et marqua Alain-Fournier très durablement. Ses œuvres complètes furent publiées en 1902 et 1903.
2. Bernès, un autre professeur de Lakanal.

Le vrai romancier invente, trouve quelque chose.
Maintenant où le trouve-t-il ? Puisque pas en lui,
hors de lui — dans la réalité — Il copie, il inter-
prète, il généralise en synthétisant ses observations
et en choisissant les plus significatives. C'est ainsi
qu'il crée un type. Et son génie dépend à la fois de
l'acuité de sa vision, et de sa puissance de synthèse. Mais du moment qu'il prend quelque chose
— si peu ce soit — dans la réalité son art est infé-
rieur (pour moi ; pour d'autres c'est marque de
supériorité). Je crois en effet que la création
d'après un modèle extérieur, bien que création ne
vaut pas la simple expression des « voix intérieures ». D'où mon grand amour pour les poètes, et
mon admiration moindre pour le roman, même
quand parfait. Et Dieu sait s'ils sont peu nombreux les romans parfaits (ou à peu près). Parmi
ceux que je connais je cite *Don Quichotte, Gil
Blas* (et encore !) et je m'arrête, cherchant...

La sensiblerie

J.R. : 18 août 1905

J'arrive maintenant à un défaut, que j'ai remar-
qué depuis longtemps en toi, mais dont je ne vou-

lais pas te parler, parce que tes derniers vers en
étaient complètement exempts. Par malheur ton
admiration pour certains me montre que toute
trace n'en a pas encore disparu. Je crois donc
utile, puisque tu veux écrire un roman, de t'en
avertir. Je serai cruel peut-être. Mais, Dieu merci,
nous n'en sommes plus aux politesses. Après cet
effrayant exorde, voici. Je trouve que tu as un
penchant — modifié d'ailleurs et comprimé par
tes autres qualités — un penchant à la sensiblerie.
Le gros mot est lâché. Je trouve que tu t'émeus un
peu trop de choses qui n'en valent pas toujours la
peine. J'ai peur par exemple que ta grande admiration pour *David Copperfield* et pour *Germinie
Lacerteux*[1] ne vienne un peu de ton amour pour
les petites choses pseudo-émouvantes. L'anecdote
du pion que tu me racontes est jolie, mais — comment dirai-je — un peu bébête. Ce sont de ces
choses qui, si elles étaient vraies, seraient navran-
tes, mais qui dans un livre sont trop touchantes.
De même, en feuilletant *Germinie*, j'ai cru y apercevoir beaucoup de choses du même genre. Et
sans doute rien n'est plus beau qu'une sympathie
universelle. Mais tout de même il ne faut pas s'at-
tendrir sur tout. Tiens, je serai cruel jusqu'au

---

1. *Germinie Lacerteux*, roman d'Edmond (1822-1896) et
Jules de Goncourt (1830-1870), raconte les tristes aventures
d'une servante.

bout ; j'ai peur que dans Francis Jammes[1], où d'ailleurs l'art merveilleux emporte tout, tu ne voies un peu trop de ces scènes « touchantes », faites pour émouvoir les bons cœurs. Chez lui, cela ne me choque pas — mais je crains que tu admires trop cela en lui. Aussi voudrais-je que tu prisses garde. Dickens, Goncourt, Daudet[2], malgré leur incontestable talent ou génie — te sont peut-être à toi un peu dangereux. Et je dis tout cela pour éviter justement que ton roman soit une banalité — comme tu sembles t'y attendre. Qu'il soit bizarre, recherché, faux, contourné, mais pas banal, pour l'Amour de Dieu. Qu'il n'y ait pas trop à y pleurer, ou alors que les larmes viennent d'une émotion profonde et motivée.

Pardon, pardon, pardon de cet éreintement préalable. Je crois qu'il peut t'être utile. Éreinte-moi, moi aussi pour te venger — sur n'importe quoi. Cela me fera du bien.

Ces reproches d'ailleurs ne s'appliquent pas à ton chapitre sur Nançay, qui est une parfaite et délicieuse évocation. Et je remarque que juste-

1. Francis Jammes (1868-1938), poète français, campagnard béarnais, il se fit reconnaître et publier dans les revues littéraires comme *Le Mercure de France*, *Vers et Prose*. Connu surtout pour son poème « De l'Angélus de l'aube à l'Angélus du soir ». Très aimé d'Alain-Fournier qui s'inspira longtemps de ses œuvres.
2. Alphonse Daudet (1840-1897), romancier français, célèbre pour ses *Lettres de mon moulin*.

ment ce défaut de sensiblerie ne s'est pas marqué jusqu'ici dans ce que tu as écrit — mais seulement dans tes goûts. Ce qui est très heureux. Donc j'aime Nançay et je te remercie de m'avoir confié des souvenirs et je te supplie de résister à toute fausse pudeur, qui t'empêcherait de me parler de choses semblables.

A.-F. : *27 août 1905*

J'arrive immédiatement à ton éreintement : figure-toi qu'en ouvrant ta lettre, j'ai juste aperçu cela, et que j'ai eu le courage de la lire d'un bout à l'autre avant de prendre plus ample connaissance de cet éreintement.

Il est bien entendu d'abord que j'accepte de toi, aussi volontiers, les critiques que les compliments. Quand tu me dis « ton histoire de petite Anglaise était délicieuse » je me réjouis dans mon cœur. Quand tu m'éreintes, je rentre en moi-même pour m'examiner consciencieusement — tout simplement. Dans les deux cas, tu ne varies pas dans mon amitié. Il faut qu'il en soit ainsi, et même si j'avais à faire l'éreintement que tu me demandes, si j'avais des reproches à te faire ce serait au sujet des éreintements que tu ne fais pas.

Tout ça, c'est une affaire de mots, c'est de la sensiblerie quand c'est raté ; c'est de l'art et de la douleur et de la vie quand c'est réussi — Si tu avais lu *Germinie Lacerteux*, Monsieur, au lieu d'en parler après feuilletage superficiel tu aurais vu qu'un chapitre y est consacré à la mère Jupillon : la sensiblerie du quartier faite femme — et que le reste c'est bien de la douleur, de la vie, de l'art — c'est Germinie — Si tu avais lu *David Copperfield*, tu aurais pris garde que j'avais évité de faire moi-même de la littérature sur l'histoire du pion, que je l'avais racontée de la façon la plus filandreuse et la plus « bébête » possible, montrant ainsi que je voulais seulement la raconter, mais que je renonçais à rendre l'art de Dickens, sa sobriété, sa façon d'arrêter le monde à cette histoire, mais de faire continuer la vie à toute vapeur...

J.R. : *7 sept. 1905*

Question plus spéciale de la sensiblerie.

Tu as raison : la sensiblerie, c'est du raté. N'empêche que tout ce qui est raté n'est pas sensiblerie. C'est ta manière à toi de rater qui est sensiblerie. Donc la question se retrouve entière sous cette forme : il faut te garder de rater, pour éviter d'être pleurnichard.

Mais que je suis violent et combien ce dernier mot dépasse ma pensée. Pleurnichard : tu ne le

fus jamais. Il me semblait que tu avais une tendance à l'être. Maintenant je ne sais plus et je me
demande si t'avoir soupçonné de ce défaut ne
provient pas de ce que j'ai un tempérament tout
différent du tien. Ce pourrait bien être ça.

Ce qui resterait de mes observations, ce serait
alors ceci : je crois que je ne pourrai jamais goûter
profondément ni *Germinie Lacerteux*, ni *David
Copperfield*, ni *Fromont jeune et Risler aîné*[1]. Ce
sont des choses, je crois, qui ne vont pas à mon
tempérament. Et c'est ici que je saisis la différence
sans doute essentielle entre nous deux :

« Nous n'accordons pas à l'ironie la même
valeur. »

Hamlet[2]

A.-F. : 23 sept. 1905

J'ai vu *Hamlet*. Décors sommaires, troupe
mauvaise. C'est comme ça que j'étais content de
le voir.

---

1. *Fromont jeune et Risler aîné*, roman d'Alphonse Daudet
(1840-1897) publié en 1874.
2. *Hamlet* de Shakespeare. On ne connaissait guère à l'époque le *Hamlet* de Laforgue.

T'ai-je dit que dès mes premières semaines à Londres j'avais été voir dans le théâtre le plus pauvre une pièce mélodramatique avec pendaisons, empoisonnements, tueries, traîtres, épouvante — foule sifflante, hurlante, apeurée, pleurant ou rigolant ! —

Hamlet c'est bien ça. Cette fois, le public différait — et encore, il était venu là comme on vient voir une pièce moderne, et, dame, on te lui en flanquait de l'épouvante, des réflexions atroces, des scènes macabres, et des grosses plaisanteries.

Ils vous ont un fantôme à en rêver la nuit. Une salle du trône avec trois corbeaux en guise de blason.

Comme mélodrame, *Hamlet*, c'est un chef-d'œuvre.

Dans la scène finale, ils sont tous là crevant, saignant et hurlant. Il n'y a plus que le roi qui se précipite avec une épée pour se défendre d'Hamlet. L'autre, en se tordant et en éclatant de rire, empoigne un filet de pêcheur, en coiffe le roi et le larde à l'aise.

Le rôle d'Hamlet était tenu par un grand gaillard musclé, continuellement hurlant, souffrant et épouvanté, jouant atrocement, et, à mon avis, très nature.

Cela me rappelle que je t'exprimais une fois mon scepticisme touchant les symboles et les vérités cachées des tragédies antiques.

J'avais tort. *Hamlet* ou *Œdipe* ce sont les
« passions » humaines qui se sont exprimées une
fois, d'une façon. Dire que l'auteur y a mis ce que
Laforgue ou toi ou moi, modernes, y voyaient, ce
serait dire une bêtise. Mais nous avons tout de
même le droit d'y mettre ce que nous y mettons,
car, à travers les siècles, de Sophocle à Shakespeare, de Shakespeare à nous, ce sont toujours *les
mêmes passions*, douleurs..., etc... seulement,
s'enrichissant à travers les âmes qui les souffrent,
se raffinant, se subtilisant. (Je prends « passions », « souffre »... etc. dans un sens très large.)
Alors on a toujours le droit de faire d'Antigone
un Symbole de la piété « filiale » par exemple, et
d'y mettre tout ce qu'on peut — on a toujours le
droit on a toujours raison de prendre une phrase
d'Hamlet comme épigraphe.

J.R. : 26 sept. 1905

Je pense comme toi sur *Hamlet*. Je crois que
Shakespeare l'a fait en pensant faire un mélo.
Je crois que nous avons raison cependant d'y
mettre tout ce que nous y voyons et que le vrai
génie c'est de construire des cadres assez gran-
dioses pour qu'une postérité entière y puisse
insérer ses visions.

Mais je pense aussi que nous avons tous (et moi surtout) trop dédaigné le mélo. Je trouve dans la dernière scène, telle que tu me dis l'avoir vue jouer, une beauté de truculence et de boucherie, dont seules de fausses délicatesses peuvent s'offenser.

Ce goût français, si fin et si maigre, qui ne peut s'accommoder de rien d'excessif, est excellent à condition d'abdiquer de temps en temps, pour nous laisser jouir de beautés plus violentes que les nôtres. Vive donc Shakespeare, le grand faiseur de mélos ! Et vive aussi notre intelligence et notre sensibilité, qui nous permettent d'y mettre tant de choses !

J'ai retrouvé la France

A.-F. : 23 sept. 1905

Je l'ai quittée [l'Angleterre] samedi dernier à 10 heures du soir.

Dans une ultime conversation avec Mr Nightingale, je lui ai dit un peu que je le considérais un peu comme un idéal. Il m'a répondu par des compliments réfléchis, graves, sincères. Nous nous sommes quittés comme deux amis, émus.

Il y a eu au dernier moment, un coup de chapeau réciproque, au moment où le train partait, coup de chapeau ému aussi, presque admiratif. Mr Nightingale avait toujours, pour moi, symbolisé un peu l'Angleterre.

Et j'ai quitté — après lui — touché, malgré la joie du retour, les grands ponts « jetés par bonds » sur la Tamise — comme dit Verhaeren[1], l'océan de toits aux petites fenêtres illuminées au-dessus desquelles on s'envole avec des vacarmes de ferraille, — toute cette immense ville éclairée et joyeuse, bien vite, le samedi soir, pour se recueillir, s'assombrir et se taire tout le lendemain — tout cela que j'avais trouvé un matin de juillet clair et vert et nouveau sous le soleil — un matin qu'en débarquant dans l'île il me semblait débarquer dans une planète — tout cela qui s'embrume à cause de septembre, à cause de l'hiver, je le quitte avec une grande tendresse de cœur.

Je ne me suis arrêté qu'une heure à Paris. C'était pour moi l'épreuve redoutable. Je suis allé, sans penser à rien, en voiture découverte, conduire ma malle de la gare Saint-Lazare au quai d'Orsay. Arrivé là, la Seine, les quais, les ponts... m'ont donné des pensées délicieuses...

1. Émile Verhaeren (1855-1916), poète belge, a composé deux grands recueils : *Les Campagnes hallucinées* (1893), *Les Villes tentaculaires* (1895).

J'avais un cocher soûl, à neuf heures du matin, qui a failli me faire casser vingt fois la figure et qui, pressés comme nous l'étions, n'a pas raté un encombrement, un marché grouillant, une rue intraversable. C'était Dimanche matin. Tout le monde était gai. Tout le monde l'insultait avec une verve ! Tout le monde me causait avec un esprit ! Je riais aux larmes de cet accueil de Paris.

J'ai retrouvé la France, à Bourges, vers trois heures de l'après-midi. J'avais deux heures à attendre. J'ai mangé de la galette à la Pâtisserie de l'avenue de la Gare, tout près de chez « Lavex, chaussures en tous genres ». C'était une après-midi calme de Dimanche, en définitive, sous un grand soleil chaud comme l'Été, doux comme le Printemps. J'ai pris à droite un boulevard désert, où, d'un côté, sont tous les jardins de Bourges. C'était tout vert, plein d'allées sous les branches et les fruits. Les bancs étaient poussiéreux. La ville montait jusqu'au lycée, jusqu'à la cathédrale. À la musique, il y avait eu mes amoureuses du temps où j'étais un potache sur ces pavés. À présent, elles se promenaient l'une avec une ombrelle blanche, l'autre avec des yeux bleus... Où ?... Un homme, deux hommes sont passés avec un panier de pêches...

VACANCES ET PAYSAGES

J'ai rêvé tant de belles histoires
Des visions de vies
« douces à pleurer »
Paris, cœur du monde
Oh ! ces grands désirs...
Merveilleux pays de mon cœur

Vacances. *L'amour de la terre chez Alain-Fournier est congénital. Il aime son pays comme on aime une femme, et les femmes qu'il aimera seront toujours associées à sa terre natale.*

Mais Paris reste pour les deux amis une idole personnifiée qu'il est déchirant pour Jacques Rivière d'avoir à quitter pour deux ans, après son échec à l'examen d'entrée à l'École normale supérieure.

J'ai rêvé tant
de belles histoires

A.-F. : 28 sept. 1904

Mairie de
La Chapelle d'Angillon
la Chapelle, le 28/9 1904

Mon cher Jacques

Je me décide à t'écrire ce soir sous l'abat-jour près de la lampe familiale — Oh ! combien — mon cher, j'en ai des crispations, des crampes de cerveau — Je me demande comment j'ai pu passer ainsi 3 mois à ne rien dire, à ne rien faire, presque à ne rien penser.

Que va être cette nouvelle cagne, cette nouvelle année, ce nouvel hiver ? Mystère mais tout
excepté l'inertie de mes pauvres méninges !!

Aussi ne m'en veux pas trop d'être resté presque toujours silencieux. Je me suis toujours
trouvé si bas — que les pentes niaises des environs chapellois m'avaient caché toute espèce
d'horizons — Et puis j'ai préféré dormir d'un
abrutissant sommeil cérébral que de me faire
tant de mauvais sang !

Mon cher, il faut renoncer à tout ou à peu
près jusqu'aux temps lointains où nous serons
assurés contre la Vache Enragée. Il faut essayer
du moins.

Et pourtant.

Et pourtant — Je voudrais si bien chercher
pourquoi ils sont là et ce qu'ils font Là — dans
leurs vieilles poutres, dans les chambres obscu-
res, lavées par les fermières fécondes —, les
paysans courbés sous le ciel et qui ne savent
rien — que le mystère de leurs grands lits voi-
lés de rideaux, aux coins noirs des chambres —
et la haine de celui qui passe — et l'amour de
ceux qu'il n'a guère caressés pourtant et qui
sont partis et dont les portraits sont restés, ad-
mirés aux murailles — Ils sont rêveurs et leurs
cantilènes sont tristes. Ils ont des respects que

nous ne connaissons pas et leur langue est un
chant rude et chaste entre tous les chants. Ce
ne sont jamais des voyous — Ô Zola ! —
qu'aux assemblées peut-être et parce qu'ils
veulent faire comme Les Autres, comme Tout
le Monde. J'ai roulé, petit, dans leurs meules
de paille ; ils me font boire à présent leur cidre
doux et je les admire toujours plus et je voudrais tant les connaître !

J'ai rêvé tant de belles histoires sur des coins
entrevus, des mots furtifs, et de soudaines et
pâles rougeurs — que j'attendrai longtemps sans
doute pour te les esquisser...

Des visions de vies
« douces à pleurer »

A.-F. : 4 oct. 1905

J'ai passé quinze jours de vacances inou-
bliables. J'aurais beaucoup de peine à te dire
en quoi... Je me sens de moins en moins médio-
cre en face des hommes et des champs. Comme
en Angleterre, j'ai tiré de moi et rien que de
moi des trésors de poésie que j'ai mis dans les
plus médiocres spectacles.

— Je n'ai retrouvé à Nançay absolument rien des impressions anciennes, pas même — ou à peine — sur la route. C'est autre chose ; et je retrouverai, maintenant, probablement ailleurs, le Nançay d'autrefois.

— Il y a, comme cela, tant d'impressions anciennes qui s'enrichissent un peu partout et finissent — quand on ne peut plus les porter — à s'écrire, un jour.

— J'ai vécu dans le Loir-et-Cher deux jours de vendanges avec des paysans brutaux et grossiers, des chasseurs que je ne connais guère, des ivrognes. J'ai vu de près la vie des auberges et des noceurs de campagne. J'ai couché dans des chambres où l'on était six et où l'on plaisantait, abruti de fatigue, jusqu'à deux heures du matin. J'ai gardé de tout cela des impressions, des visions de vies, immenses, personnelles et belles, et « douces à pleurer ».

Tu es obligé, bien entendu, de me croire sur parole. Crois et attends quelques années.

J'ai retrouvé aussi tant d'impressions anciennes de campagne, de village, de septembre et d'enfance dans de grandes promenades à bicyclette que j'ai faites autour de chez moi pour clore mes vacances !

Elles revenaient toutes, grandies, ardentes, douces — comme une certaine âme de ces campagnes, que je ne connais pas encore, que j'invente tous les jours un peu plus, surtout ce dernier soir de septembre — samedi soir — en passant dans les bois noirs, aux routes mouillées, aux carrefours de rendez-vous de chasse — en passant dans les villages, à travers les lueurs des boutiques, comme j'y passais à deux ans, sur un siège de voiture, enveloppé dans des fichus.

À présent, je suis rentré. Depuis que je suis ici, j'ai comme quelque chose qui m'étouffe. Je lutte à en mourir pour rattraper tout ce courage et cette confiance qui sont tombés. C'est dur et noir et inexplicable.

J.R. : 12 oct. 1905

Il ne faut à aucun prix que tu perdes le profit de ton séjour en Angleterre en te décourageant sottement au début de l'année. Je pense d'ailleurs que c'est passé. Mais j'insiste en cas et pour prévenir des rechutes. J'y ai d'autant plus de droits, qu'avec quelques variantes, j'ai subi les mêmes angoisses à ma rentrée l'an dernier. J'ai eu cette sensation de froid, de noir, de médiocrité, d'à quoi bon ! dont tu as souffert. Rien n'est plus pénible, car rien n'est plus vulgaire. Mais ça passe avec quelques raisonnements, que je résumerai ainsi :

Voyons ! Voyons ! Pas de bêtises ! Il ne s'agit pas de ça. Ce qui est passé est passé. Il faut aller de l'avant et T.d.D.[1], je ne suis pas plus bête qu'un autre ! Je suis même beaucoup moins bête. Etc. Etc.

C'est idiot. Mais tel mal tel remède. L'homéopathie ! Et l'on guérit.

Un autre remède c'est de tout oublier. C'est si facile et si exquis. Pas de plaisir plus délicat que de recommencer à vivre, sans aucun souvenir.

Paris, cœur du monde

J.R. : 27 oct. 1905

Paris[2] est si beau ! Je songe machinalement à une phrase de R. de Gourmont[3] disant que le

---

1. « Tonnerre de Dieu. »
2. Jacques a été refusé à l'examen d'entrée à l'École normale supérieure et on lui a attribué une bourse pour Bordeaux. Il est désolé de quitter Paris.
3. Remy de Gourmont (1858-1915), écrivain français. Il fonda en 1889 la revue littéraire *Le Mercure de France* dont la maison d'édition perdure encore aujourd'hui au sein du groupe Gallimard. Avant *La Nouvelle Revue française* (1909) le *Mercure* publia la plupart des écrivains de l'époque.

quai Voltaire était un des plus beaux paysages du monde. C'est vrai, c'est vrai, oh ! comme c'est vrai. Je me souviens que le soir de mon départ, j'ai pleuré sur un banc des Tuileries, en pensant que je n'y reviendrais plus peut-être ! Il est si beau ! Et quand je cherche où est sa beauté, je ne sais plus. Je ne suis pas assez béat pour m'extasier devant ses monuments. Il y en a de plus beaux en province. Mais Paris est plus beau quand même ! Sa beauté, sa beauté est éparse partout, on la respire partout, elle enveloppe tout. Dans ses rues j'ai souffert comme partout, mais le souvenir que je garde de ces souffrances est purifié et adouci. Quand il pleure, c'est encore sa beauté qui pleure ! Quand il est ignoble, c'est toujours Paris. J'aime maintenant jusqu'à sa débauche distinguée, dont je n'ai pas goûté. Dieu me garde de déclamer, mais je voudrais dire à mi-voix : Paris, cœur du monde, Paris cœur du monde !

Je suis envoûté ! Et comme dans les vrais enchantements je ne m'en aperçois qu'à présent. Il me reste un espoir — le plus mystique et par suite le plus vivace — : je désire tant, tant Paris que je suis sûr de le retrouver.

Maintenant je m'émeus sur ce que je viens d'écrire, sur ces jérémiades d'enfant plaintif, presque jusqu'à en pleurer. Il faudra que tu les excuses, car je ne les aurais livrées à personne d'autre qu'à toi. Je sais que tu auras assez d'amitié pour moi, pour les oublier. Elles sont l'expression de ce qu'il y a en moi de plus puéril, c'est-à-dire de plus profond. Donc il ne faut les montrer à personne, et les résumer pour ceux qui t'auront vu recevoir cette lettre par cette phrase, à laquelle je tiens : « Rivière a sa bourse à Bordeaux. Il regrette beaucoup de ne pas venir à Paris. »

A.-F. : 30 oct. 1905

Hier, je me suis grisé de Paris, en pensant à toi. Je m'y suis abîmé, cœur et tête.

Je me laisse « vivre » dans Paris, et, ce tour de Paris, il me semble que c'est le tour de mon cœur. Je suis allé au Salon d'Automne. J'y retournerai quoique rien ne m'ait beaucoup frappé. Vive Carrière, Vuillard, Guérin, Manet, Mlle Dufau. Il n'y a pas de Maurice Denis[1].

En sortant, à 5 heures, nuit lente à tomber d'automne. J'ai pris, pour te faire plaisir le ba-

---

1. Série de peintres contemporains dont quelques noms seulement survivent encore aujourd'hui comme Vuillard, Manet et Maurice Denis.

teau du Cours-La-Reine au Châtelet. Toute la
Seine avec ses lumières, sa brume. Tout Paris.
J'ai vécu, vécu, trop vécu.

Émotions douces à pleurer, mais pas tristes.

Au retour, j'aurais voulu te faire une lettre où
je t'aurais dit que la vie est belle et grave partout. Que Paris fait penser à ailleurs, et
qu'ailleurs c'est toute la Province que j'aime
comme Francis Jammes et comme la vie.

Que je comprends trop ton amour pour Paris, que j'ai commencé par le haïr les trois premières années que j'y ai vécu d'une haine de
paysan, d'une haine de Germinie Lacerteux,
que je l'ai rêvé et souhaité 16 mois à Brest
parmi la province sale et les âmes brutales, et
qu'à présent, même après l'énorme Londres et
sa solitude et son immensité, surtout après
Londres, je dis comme toi, mon cher vieux,
Paris... Paris...

Il s'en est fallu de peu que ma peine soit
aussi douloureuse que la tienne. Mais je m'y
étais fait : je n'avais jamais voulu espérer ta
venue.

Oh ! ces grands désirs...

A.-F. : *17 févr. 1906*

C'est une journée de février très douce parmi les arbres nus et les massifs noirs. Ce matin il a plu doucement de la pluie tiède. Il y a dans le ciel des moineaux qui chantent partout et qu'on ne voit pas. C'est un dimanche de banlieue. Des coqs chantent, par la fenêtre.

Je sens comme s'il y avait en moi de grands désirs écrasés. En descendant des chambres, à l'instant, par l'escalier du second quartier, j'ai regardé à la fenêtre de l'escalier, et j'ai vu derrière un mur, un château, comme un décor descendu du ciel[1]. Une allée de sable, une grille, un coin de parc avec la mousse au pied des arbres. Plus loin, le perron, les ardoises mouillées du toit — et, dans mon cœur, l'après-midi qui va se passer là et ailleurs. Oh ! ces grands désirs qui s'écrasent contre une fenêtre, et comme j'en ai vécu des années, dans les lycées.

1. Le château de Sceaux dont le parc alors fermé et abandonné faisait rêver l'étudiant de Lakanal qui pouvait l'apercevoir des fenêtres du lycée.

Merveilleux pays
de mon cœur

A.-F. : 26 déc. 1906

26 Décembre 1906
3 heures de l'après-midi.

Ce soir de verglas, de neige et de conscription, revenant de boire, par formalité, du vin blanc avec les conscrits de ce pays, où je suis né, et qui n'est pas le mien, je sens monter en moi des regrets.

Ce pays n'est pas le mien parce que aucun pays n'est le mien, si ce n'est peut-être le bourg où je suis allé en classe et au catéchisme. Et je voudrais m'enrubanner avec ceux qui y allaient avec moi. Je les connais par leurs noms. Ils connaissent par leur nom mes souvenirs. Je voudrais chanter « la classe » avec eux.

Je me les rappelle, lorsque, en mai, après la classe, ils restaient faire leurs devoirs. Les fenêtres à trois battants étaient largement ouvertes, l'odeur de la terre bêchée entrait avec des branches et les appels des merveilleuses petites filles, qui remontaient l'allée avec des dames. Ces soirées de lumière dans le jardin et dans l'école,

dont je ne puis pas dire toute la pureté et tout le
mystère, peut-être ces mots, ces pauvres mots les
leur rappelleraient-ils.

Merveilleux pays de mon cœur, Fez-La-Loin-
taine n'est pas plus belle, ni plus ancienne, ni
plus enfouie dans le mystère que vous. Je voudrais parler de tous vos jours, et de toutes vos
heures... et je vous confondrais.

— car, n'est-ce pas, la femme ne fut jamais
pour moi que des paysages, que la rappelleuse
d'heures, de pays et de paysages — je vous
confondrais avec celle à qui Rousseau disait :
« Ô Julie, éternel charme de mon cœur... » et
votre charme avait le sien, audacieusement. Je lui
dirais

*Vous êtes la dame de quatre heures, après la
classe*
en hiver, avec sa voilette humide serrée au visage
. . . .
et ce serait tous mes vers.

Et pourtant il m'a semblé, ces jours derniers,
qu'enfin l'immensité de ma petite campagne ne
me suffisait plus. Pour qui saurait l'isolement, la
gravité et le tendre ennui de cette haute maison
dont je sors si peu, pour qui saurait l'insigni-
fiance de la campagne d'alentour, la surprise

serait minime et d'avoir résisté jusqu'ici je paraî-
trais quelque peu ridicule... Mais je suis celui qui
sait l'immensité et le mystère de toutes les vies.
Je me disais, un jour, que je serais « le nocturne
passeur des pauvres âmes », des pauvres vies. Je
les passerais sur le rivage de mon pays où toutes
choses sont vues dans leur secrète beauté.

Et pourtant je ne suis pas que ceci. On a dit
un jour, de moi, que j'étais un aristocrate ; oui,
et aussi, souvent, le plus humble en cœur et en
esprit ! — Un littérateur, oui, et que les sciences
me passionnent ! un rêveur, oui, et de tout mon
corps je voudrais agir.

(Fez la Lointaine !) sur une des routes qui en-
trent en Sologne, je suis allé avec n'importe qui.
De là, je gagne des sapinières, des sentiers sa-
blonneux puis soudain, au débouché d'un taillis,
c'est le désert.

Solitude inculte. Chardons et cailloux jusqu'à
l'horizon. À l'horizon, le soleil.

Cet été, ma tête brûlante souffrait là, plus désespérément qu'ailleurs. Je disais : « désert d'alfa !
désert ! plein de couleuvres[1] ». Un chemin descen-
dait vers une ferme, mais je remontais la plaine
sans bout, vers le soleil nu.

Cet hiver, j'ai voulu descendre par le chemin,
vers la ferme. Les pas des moutons dans la boue

---

1. André Gide, *Les Nourritures terrestres*.

avaient gelé. Des pieds délicats n'auraient pas pu marcher là et je suis remonté vers la plaine aride. Dans le fond, infiniment loin le soleil rougeâtre, et d'immenses nuages immobiles, « des trombes de nuages » a dit quelqu'un, s'enfonçaient et traînaient jusque là-bas. Désert.

Partir et n'arriver jamais. Serrer des chevaux frais entre ses cuisses. Parcourir l'aridité. Souffrir de l'inconnu, s'enivrer de toucher le mystère, souffrir de ne pas s'habituer. Partir, repartir, dormir sous le ciel, enveloppé de laine, sur des places de villes, repartir, caravanes ! caravanes !

L'ART ET LA VIE

LE SYMBOLISME
Barrès
Maurice Denis
Gauguin
Laprade
Debussy : *Pelléas*
Odilon Redon
Camille Claudel
Dostoïevski
Moussorgski : *Boris Godounov*

L'art et la vie. *Le moment est venu de faire un premier bilan de leurs découvertes dans les arts de leur temps qu'ils recherchent indifféremment dans la peinture, la musique, la littérature, la danse. Le catalogue se poursuit de lettre en lettre. Nous en extrayons les plus remarquables témoignages.*

Certains des artistes qu'ils aiment peuvent bien être oubliés aujourd'hui, mais ils sont à la base des arts du vingtième siècle et les deux jeunes gens y boivent à la source de toutes les beautés du monde pour nourrir leur vie.

LE SYMBOLISME

... Je ne sais s'il est possible de faire comprendre ce qu'a été le Symbolisme pour ceux qui l'ont vécu. Un climat spirituel, un lieu ravissant d'exil, ou de rapatriement plutôt, un paradis. Toutes ces images et ces allégories, qui pendent aujourd'hui, pour la plupart flasques et défraîchies, elles nous parlaient, nous entouraient, nous assistaient ineffablement. Les « terrasses », nous nous y promenions, les « vasques », nous y plongions nos mains et l'automne perpétuel de cette poésie venait jaunir délicieusement les frondaisons mêmes de notre pensée... Nous ne connaissions encore ni Mallarmé[1], ni Verlaine, ni Rimbaud, ni Baudelaire. C'était dans le monde plus vague et plus artificiel construit par leurs disciples, que nous nous mouvions, sans soupçonner qu'il n'était qu'un décor qui nous cachait la vraie poésie...

Jacques Rivière
(Introduction à *Miracles*, 1922)

1. Stéphane Mallarmé (1842-1898), poète français devenu le maître de la génération symboliste et dont l'influence sur la conception moderne du poétique est fondamentale. (Citation du Petit Robert des noms propres.)

Puisque j'en suis aux premiers symbolistes, laisse-moi cependant lâcher deux ou trois blasphèmes. J'en suis venu à distinguer dans le symbolisme deux moments bien distincts :

L'un qui va des origines à 90 à peu près.

L'autre qui est la période récente.

Et je considère le premier uniquement comme la préparation du second. Mallarmé, Rimbaud et Verlaine même ne sont que des précurseurs ; je n'ose ajouter Laforgue et pourtant je le pense. Je les aime, ils me font plaisir, j'aime beaucoup Mallarmé ; je les défendrais à mort si on me les attaquait. Mais je ne puis m'empêcher de penser que leur gloire est d'avoir rendu possibles Régnier, Jammes, Van Lerberghe (? ?), qui sont les grands. Je ne parle pas de Claudel, qui s'élève hors et au-dessus du symbolisme. Sans Mallarmé par exem-

ple, Régnier n'aurait pas été ce qu'il a été dans les
Poèmes Anciens, c'est-à-dire un des plus admirables poètes de tous les temps. Verlaine même — là
surtout est le blasphème. Loin de dire avec Vielé-
Griffin : « Verlaine fut notre dernier grand
poète. » Je dis : Verlaine — admirable par instants
— a bien travaillé pour le symbolisme.

A.-F. : 28 sept. 1910

« Ce qu'il y a de plus ancien, de plus
qu'oublié, d'inconnu à nous-mêmes. » — C'est
de cela que j'avais voulu faire tout mon livre et
c'était fou. C'était la folie du Symbolisme.
Aujourd'hui cela tient dans mon livre la même
place que dans ma vie : c'est une émotion défaillante, *à un tournant de route, à un bout de
paragraphe*, un souvenir si lointain que je ne
puis le replacer nulle part dans mon passé.

Barrès

A.-F. : 2 nov. 1905

Je n'aime pas qu'on crée et habille des abstractions, qu'on fasse se promener *la Sensibilité*

au bras de *l'Amour* — que *la Femme* soit l'unique personnage féminin — que *l'Âme Antique*
ou la *Beauté Antique* soit une statue qu'on la-
pide dans un temple : objection n° 1 aux *Barbares*[1] de Barrès. Je trouve tout cela d'un froid,
d'un faux ! Qu'est-ce que c'est que ça La
Femme ? l'Amour ? Je veux bien que, peut-
être, Barrès réunit et condense, comme cela, en
une grande abstraction pas mal de femmes et
pas mal de façons d'aimer, mais si moi j'aime
autrement, si je me crée une femme « comme il
n'y en a pas » — Ce système ne vaut que pour
Barrès, il est inattaquable puisque idéaliste,
évidemment, mais de quel droit arrêter, symbo-
liser, fixer ainsi la vie ondoyante et diverse ? de
quel droit s'arrêter et dire : « tout ce que je
crée ne vaut rien » avant d'avoir vécu, cherché,
créé jusqu'à la mort des amours plus parfaits,
des vies plus complètes. Pourquoi pas, comme
Montaigne, s'avancer humblement et sagement
à la suite de la Vie branlante, contradictoire,
délicieuse, en notant, à mesure, les pas qu'on
fait, sans le souci de ne pas se contredire, ambitieux seulement de noter scrupuleusement
sans la juger ni l'interpréter la vie délicieuse et

1. *Sous l'œil des Barbares* (1888), roman de Maurice Barrès (1862-1923), première partie de la trilogie *Le Culte du
moi*, confession autobiographique qui joint à l'introspection
l'affirmation morbide d'un égotisme sensuel et mordant.

contradictoire. (Montaigne — Préambule du
« Repentir ».)

Si tout ceci porte un peu, ça ne peut porter
que contre « les Barbares ».

Objection générale : la grande gêne, en lisant
les *Barbares*, c'est la sensation obscure qu'on a
de lire un cours de Philosophie plus obscur que
les autres, écrit dans une langue souvent délicieuse, moins rigoureux, plus attaquable que les
autres puisque roman, aussi vain que les autres.

Mon impression dernière sur les *Barbares*
c'est que ça doit être profond, joli, mais que ça
ne m'intéresse plus, ça m'aurait intéressé il y a
deux ans, passionné. J'ai dû déjà te dire cela.

J.R. : 5 nov. 1905

Tu juges Barrès au point de vue purement littéraire, moi au point de vue philosophique, tu le
regardes comme un simple écrivain, moi comme
un maître ; tu apprécies son talent, moi sa pensée.
Naturellement j'exagère la différence de nos deux
points de vue. Si elle était si nette, nous ne serions
pas restés si longtemps sans l'apercevoir. Mais
aujourd'hui tu dis : « Je n'aime pas qu'on crée et
habille des abstractions ». Très bien, mais ça veut
dire que tu n'aimes pas la mise en scène de sa

pensée ; de ses analyses ; mais il faut que tu juges cette pensée, ces analyses, en dehors des formes, qui te déplaisent.

C'est bien ce que tu essaies de faire ensuite, mais d'une façon, qui montre que tu ne comprends pas Barrès, que tu n'es pas fait pour le comprendre. Ce qui est d'ailleurs très permis et nullement déshonorant.

En réalité — et bien que Barrès dise qu'il use de symboles — ses personnages : la jeune fille, Athéné, Amaryllis, ne sont pas que des symboles. Elles vivent. Elles sont délicieuses et délicates. Et en même temps elles signifient quelque chose, puisqu'« elles sont — objectives — la part sentimentale, qu'il y a dans un jeune homme de ce temps ». Et cette objectivation de ma sensibilité n'est pas un simple procédé littéraire agréable, c'est l'expression de ce qui se passe en moi. Mes rêves et mes désirs en effet ne se concrétisent-ils pas sans cesse en des images, dont la vie est aussi intense que celle des êtres véritables ? Ai-je vraiment des rêves et des désirs sans nom ? Quand je ne peux les nommer, n'est-ce pas qu'ils se présentent à moi en des images trop nombreuses pour pouvoir être qualifiées d'un mot — mais réelles malgré tout et vivantes. « Ne voici pas de la scolastique, mais de la vie. »

Oh ! oui et combien émouvante, et combien près de mon cœur !

Je souriais l'autre jour en pensant *combien j'avais vécu* « les Barbares ». L'histoire que tu connais n'était-ce point « un baiser sur un miroir » ? Et toi, Amaryllis, comme je t'ai serrée jadis avec amour.

Et tout le Dandysme, l'Extase, l'Affaissement, je les ai vécus avant de connaître le nom de Barrès, et je les vis encore à tous instants.

Ne dis pas que cela est froid et faux. Je te jure que non, puisque c'est le roman de ma vie intérieure. Et je sais combien il fut véridique et brûlant.

Tu as tressailli devant un portrait du salon. Et moi devant « la Jeune Fille », tant j'y reconnaissais « l'Objet » que j'avais créé pour mon cœur, à l'occasion de certaine personne.

Où as-tu pris, malheureux, que Barrès voulait « fixer la vie ondoyante et diverse » et refusait de « chercher, de créer jusqu'à la mort des amours plus parfaites, des vies plus complètes », « de marcher à la suite de sa vie branlante, contradictoire, délicieuse, en notant à mesure les pas qu'on fait, sans le souci de ne pas se contredire, ambitieux seulement de noter scrupuleusement sans la juger, ni l'interpréter la vie délicieuse et contradictoire » ? Tous ces termes si joliment choisis s'appliquent admirablement à ce qu'il a voulu faire.

Maurice Denis

A.-F. : *3 avr. 1906*

Maurice Denis ! Maurice Denis[1] !

> Épigraphe :
> « Je ne sais pas, je ne sais pas
> Ce sont d'impénétrables choses »

MAURICE DENIS.   *Les Korrigans*
La Couronne
Les devoirs de vacances
Paysage des environs
de Quimperlé
Fontaine de pèlerinage
en Guidel
Polyphème
Baignade au pardon de
Saint-Anne-la-Palud

Comment dire l'impénétrable charme de tout cela, de la douce lumière mystérieuse de tout

1. Maurice Denis (1870-1943), peintre, décorateur, graveur et écrivain français, théoricien du groupe des nabis. On lui doit le plafond du théâtre des Champs-Élysées.

cela. Et surtout des *Korrigans* : la petite barque qui s'éloigne sur la mer, entre les arbres, voile blanche avec une croix rouge, et les Korrigans vagues étendus dans les rochers, sous les arbres du rivage. C'est d'un joli qui prend au cœur. Et quelle science dans cette peinture à petits rectangles, toute faite d'imperfections au premier coup d'œil. En disant cela je pense à *la Baignade*, à *la Couronne*, surtout aux *Devoirs de Vacances* : cette pyramide de grands corps roses, ces têtes aux yeux très doux dont on voit les cils, tout autour et au-dessus du petit garçon qu'on regarde et qui travaille, gauche et appliqué. Au-dessous, tout l'emmêlis des mollets nus. Charme, charme rose et savant. Mais je mets peut-être au-dessus de tout et même des *Korrigans*, ce *paysage des environs de Quimperlé*. Cela me rappelle toute la Bretagne telle que je ne l'ai pas vue. Il y a là tout le mystère adouci des *Korrigans*, avec seulement de l'eau et des arbres. On devine une Bretonne couchée dans l'herbe avec un enfant ; et au centre, c'est tout le mélange lumineux et mystérieux de la rivière, des arbres, et de ce ciel d'un bleu cru, acier, breton — et pourtant suave, suave, qui se reflète dans la rivière par taches que séparent les arbres. J'aurais renoncé à tout le reste du Salon, je serais resté jusqu'à midi devant les rectangles bleus de la rivière. Pureté, ciel, calme.

J.R. : 13 avr. 1906

Cet adorable Maurice Denis, dont la lumière est comme un fleuve de perles atténuées, et qui enveloppe ses tableaux d'une telle tendresse de clarté. Les mots ne viennent pas bien. Mais peut-être devineras-tu ce que je veux dire. Il y a quelque chose dans sa lumière d'infiniment calme et finissant et les rondeurs exquises de ses visages sont comme baignées d'une ombre claire mais où la clarté déjà diminue. Et ce n'est pas encore tout à fait ça.

Gauguin[1]

J.R. : fin févr. 1906

Et *l'Échange*, qui me fait penser invinciblement aux paysages océaniens de Gauguin. As-tu

1. Paul Gauguin (1848-1903), peintre français, surtout connu pour ses paysages de Polynésie où il vécut à la fin de sa vie. Son chef-d'œuvre le plus célèbre, intitulé *D'où venons-nous ? Que sommes-nous ? Où allons-nous ?* appartint un temps à Gabriel Frizeau et se trouve maintenant au musée de Boston. Ami de Van Gogh et Maurice Denis avec qui il travailla pendant la période féconde de Pont-Aven en Bretagne.

jamais senti l'impression de la marée nocturne montant dans l'ombre tiède ?

J.R. : 25 déc. 1906

Gauguin : sûreté harmonique. Il saisit les accords, il distingue « quoique grandement distants... la verdure d'un érable combler l'accord proposé par un pin[1] ». Voici le monde et l'enchevêtrement de ses causes, c'est-à-dire la combinaison de ses couleurs, la composition de ses nuances. Voici le monde par cette syntaxe de la lumière toujours primitif et éblouissant. Oh ! ces roses, dans un coin qui sont je ne sais quoi mais je sais bien quoi, et qui si doucement, si fidèlement « comblent » la question de ce jaune d'or dans le ciel. Oh ! cet épanouissement de la cascade, dont s'enveloppe d'un geste la baigneuse, comme de la roue d'un paon. Oh ! Gauguin, maître des yeux, poète, créateur du monde.

---

1. Citation de Claudel dans *Connaissance du Temps*.

J.R. : 18 fév. 1907

Nous avons beaucoup causé Gauguin aussi. Il[1] m'a montré un cahier d'aquarelles, qui sont des merveilles : paysages bretons, où des femmes, comme des blocs, — avec tant de douceur pourtant — s'encastrent ; songes tahitiens, bleu sombre, or et vert ; Léda océanienne qu'enveloppe frissonnante un grand cygne. Tout cela, c'est admirable, d'une force, d'une primitivité si spontanées qu'on a envie d'en sourire. Gauguin a surgi un peu comme Claudel ; voix nouvelle, voix si ancienne, qui s'écrie. Et ce geste de déployer toute cette splendeur — que l'on sent retrouver — sans dire seulement : Voyez ! — Je voudrais un jour voir tous les Gauguin de Frizeau, mais en bonne lumière. Je les trouve malheureusement bien mal éclairés. Il prétend que son grand Gauguin est l'apothéose de la manière tahitienne. Je le crois sans peine. Il est si beau. Monsieur Fayet, l'homme qui possède le plus de Gauguin, lui en a offert dix mille francs.

1. Gabriel Frizeau, riche amateur d'art bordelais qui protégea la jeune génération de peintres comme Odilon Redon, Gauguin et André Lhote, en même temps qu'il recevait les jeunes écrivains ou étudiants passionnés d'art. Il était lui-même collectionneur et avait acquis quelques-uns des plus beaux tableaux de l'époque.

Laprade

A.-F. : 13 oct. 1906

Laprade-Laprade[1]. Une toile m'a saisi, avant que je l'aie reconnu. Il doit y avoir un souvenir au fond de mon émotion, mais si ancien sans doute, que mon émotion m'apparaît comme absolument pure : — C'est, sur la hauteur, assis : lui a posé son chapeau près de lui ; une femme dont le visage sous la voilette est fondu dans la lumière très douce et comme fatiguée. Et c'est intitulé les Beaux Jours. J'ai cherché pour dire ces mots ; je n'arrive pas à la hauteur de cette impression unique. — C'est une grande toile, au contraire de celles des Indépendants, et assez déroutante pour les profanes. Cela semble dur de traits ou de teintes, parce que le plus dur seulement est resté, le reste perdu dans la lumière.

Mais je reviendrai sur tout cela — Un marchand de tableaux de l'Avenue de l'Opéra expose des Gauguins et des néo-impressionnistes.

---

1. Pierre Laprade (1875-1932), peintre français postimpressionniste.

J.R. : 26 oct. 1906

Ceci — qui est peut-être ce qu'il y a de plus profond en moi — ceci — la conscience de la vanité de tout effort — mon ironie secrète et imperceptible — ceci tu l'as réveillé en moi en me parlant de ton impression devant le Laprade. Sans doute ce que tu as éprouvé est très différent et ne peut m'être communiqué. Mais tes mots, tes quelques mots ont suscité en moi cette admirable douleur, qui est un abandon et un renoncement. Cette femme, toute enveloppée d'une lumière déclinante, cette femme, ce groupe « en dehors du bonheur », baigné dans sa lassitude, dans sa confusion, je les vois : ce sont mes frères. Les Beaux Jours ! Et que d'autres mauvais viennent ensuite, nous les savions déjà, nous les avions goûtés, et leur amertume nous est aussi douce que la douceur dont nous venons. Mes frères, mes pauvres frères, tous ces désirs qui nous transportent comme ils sont précieux ! Mais comme il est plus beau encore de les voir s'en aller et de rester l'âme déserte dans le repos.

A.-F. : *9 nov. 1906*

Je voudrais encore — mais ce sera pour le jour de ma critique — te parler de ton art merveilleux de formuler et quelques fois même de pressentir ce qui est en moi. Ex : mon *émotion* devant la *vision* de Laprade, tu en as fait l'exacte *philosophie*. Les mots principaux de mon émotion comme ceux de ta philosophie étaient : « sur la hauteur — et les Beaux Jours, avec l'acceptation résignée qu'ils impliquent —.

Debussy[1] : Pelléas

A.-F. : *19 nov. 1906*

« La grande règle de toutes les règles » est d'exprimer le plus intensément possible l'amour,

1. Claude Debussy (1862-1918), compositeur français qui eut sur les deux amis et leurs camarades la plus grande influence, au point qu'ils se firent appeler les « pelléastres » et revinrent interminablement assister à l'opéra de *Pelléas*. « On ne sait pas assez, écrira Jacques Rivière ce que fut *Pelléas* pour la jeunesse qui l'accueillit à sa naissance..., un monde merveilleux, un très cher paradis... » (Voir *Études* de Jacques Rivière p. 229.)

la mer, la fraîcheur, l'ombre du vieux château qui descend sur les vieilles âmes ; puisque je ne suis pas assez fort pour assurer, moi, que Debussy a fait table rase de toute espèce de règles ; il me semblerait plutôt qu'il s'en joue, que son art semble avoir fini par déborder sur elles, et à force de science subtile a fini par faire oublier la science, à rejoindre les plus libres mélodies intérieures et les plus frustes accents de la voix humaine. Et ici j'oserais risquer une seconde allusion tant soit peu risquée à la musique de Debussy prenant comme thème la voix humaine avec ses harmoniques (est-ce le mot ?) et s'élargissant, se subtilisant jusqu'à évoquer les mélodies ineffables, les chants de l'au-delà dont la parole humaine est le grossier écho. De ceci qui est l'art de Maeterlinck je crois trouver la réalisation parfaite dans la musique de Debussy.

Je voulais comparer encore les Règles de Debussy à ses LeitMotives. Que de subtilité d'art, de délicatesse et de naturel dans sa façon de rappeler par exemple « je venais du côté de la mer » lorsque Perier[1] sort du souterrain « Et maintenant tout l'air de toute la mer. » C'est la même amplitude et la même douceur ; *le même genre d'impression*, mais je

---

1. Perier, l'acteur qui incarna le personnage de Pelléas à sa création.

suis sûr qu'il n'y a pas deux notes pareilles —
Voilà certes un art qui se moque bien des règles et qui les a dépassées depuis longtemps
puisque c'est au cœur, directement, qu'il a
voulu s'adresser.

J.R. : 5 déc. 1906

Tout ce que tu m'as dit sur *Pelléas* est exqui-
sement juste d'intuition.

Très vrai aussi ce que tu dis de la musique
faisant craquer le drame et du rôle de la mer.
Je voudrais écrire dans le *Mercure Musical*
quelque chose sur la Mer dans *Pelléas*. Mais le
pourrai-je ?

Que Debussy est grand !

Et comme tu dis, il est fruste, primitif, premier. La voix est le cri, direct, intact, avec sa
répercussion émotive muée en harmonies infi-
nissantes, infinissables, frôlant les extrêmes
confins de l'inconnu et subtilisées, et évapo-
rées.

C'est admirable de toi, d'avoir si délicatement
deviné tout Debussy.

Odilon Redon[1]

A.-F. : 3 avr. 1907

Les Fleurs d'Odilon Redon. Très beau, l'article de Jammes, et d'une exactitude qui ne m'a pas surpris. J'ai été hanté aussi, pendant que je Les regardais, de ce que tu En disais.

C'est bien un effort magnifique pour faire éclater le mystère de leur simple existence. Elles sont là, simples et ordinaires, dans de petits pots et de petits cadres. Mais déjà, elles s'imposent par leur air d'être surgies là. Puis on remarque qu'elles gardent encore ce mouvement giratoire par lequel elles viennent de l'ombre. Mouvement giratoire et décomposition du spectre ; et enfin apparition unique et complète : Elles sont toutes là comme cent soleils.

De grands panneaux : l'un que j'appelle « Les Limbes des Fleurs ». Dans le fond, il en est des milliards qui arrivent, encore indistinctement pâles et grises comme le papier. Puis ce sont des

---

1. Odilon Redon (1840-1916), dessinateur, graveur, aquarelliste français né à Bordeaux. Reçu par Grabriel Frizeau qui lui acheta de nombreux tableaux, Redon fut un peintre un peu surréaliste déjà, qui enthousiasma les jeunes de son temps.

tournoiements, des explosions et leurs bouches apparaissent et leurs yeux. Quelques-unes s'approchent enfin, sombres, terribles, aquatiques. Aucune n'est encore arrivée.

Un autre qui doit être « le monde des fleurs ». De grandes plantes « d'une élégance fabuleuse[1] » et japonaise. Tout est très pâle comme d'une lumière très douce mais pénétrante. Il y a un être humain mais confondu presque avec l'arborescence du premier plan.

Aussi les petites barques chargées de trésors et de légendes. Aussi les « coins de vitrail » où l'ombre, l'horizon et un profil viennent ajouter l'angoisse de je ne sais quel mystère à la somptuosité des couleurs.

1. Citation de Rimbaud.

Camille Claudel[1]

A.-F. : *3 avr. 1907*

C'est avec Guéniffey[2] qu'à une devanture de l'Avenue de l'Opéra j'ai vu des reproductions de *Camille Claudel*. Ce que dit son frère de Rodin est comme toujours « extrêmement juste et extrêmement injuste ». Rodin est un rustre dont chaque groupe tend à repousser la lumière et à reformer le bloc primitif. Très certainement il a été cela. Mais il l'a été avec génie. J'ai vu de Camille Claudel *La Danse* et *La Conversation*. Le plus grand éloge que je puisse faire de la *Danse* c'est de dire que certainement Claudel s'en est inspiré pour les vers de la fin de *Partage de Midi*. Tu sais : « Ses petits pieds cueillis... » Des mots m'avaient grandement surpris en lisant les critiques sur cette élève de Rodin : élégance — amusant — lumière — Combien ils sont justes ; mais pas encore assez justes : leur sens est trop pauvre et ne dit pas assez le génie. La

---

1. Camille Claudel (1864-1943), sœur de Paul Claudel. Sculpteur longtemps associé à Rodin mais auteur d'une œuvre très personnelle, sa rupture avec Rodin, dont elle fut la maîtresse, porta atteinte à sa santé mentale. Elle fut hâtivement internée en hôpital psychiatrique où elle finit par mourir après trente ans de réclusion.
2. Guéniffey, camarade de lycée.

danseuse lancée en arrière, la tête penchée sur l'un des deux bras étendus, danse. Comme hors du tourbillon d'étoffe, elle danse. Le bout du pied touchant seulement à la roue sur la mer, elle danse. Ce n'est presque plus qu'un mouvement, d'une sveltesse indicible — d'une furie qui fait penser par contraste à cette Carmen endormie du Luxembourg — d'une séduction — et surtout d'une jubilation ! — On ne sait si on est inquiet de se sentir ainsi entraîné par cette sirène à castagnettes ou si, de la voir ainsi se jouer avec la lumière, la diviser, l'empoigner puis se mêler à elle, on ne va pas éclater de rire.

La Conversation. Primitivité. Corps qui écoute, Corps qui confie, Corps qui épie : trois femmes nues assises — comme trois singes. Menu chef-d'œuvre : c'est un bloc aussi, mais dont il ne reste plus que trois fines arêtes toutes transpercées, détaillées par, peut-être, le feu du milieu et la lumière d'autour. Encore, on ne sait si on est effrayé de se sentir penché vers ce premier secret humain, ou si on est prodigieusement amusé. Surtout la joie dont parle Claudel : la joie de cette main féminine pétrissant.

J'ai vu une photographie de *La petite Châtelaine*. Je pense que c'est aussi séduisant : de délicatesse, d'élégance et d'expression.

Rodin a dit d'elle : C'est moi qui lui ai montré où elle trouverait de l'or, mais cet or est à elle. On m'avait dit que Rodin était insupporta-

blement autoritaire et je savais que Camille
Claudel lui ressemblait en ce point. Il paraît que
dans sa jeunesse elle soumettait toute la maison
à son art : les uns préparant la terre. Les autres
servant de modèles. Les uns après les autres tous
l'ont fuie. Paul Claudel fut je crois son dernier
fidèle. Elle et Rodin ne pouvaient s'entendre.

Dostoïevski[1]

J.R. : 29 août 1907

Le Dostoïevski est décidément poignant.
C'est pénible à lire à cause des redites, de la
confusion et de l'infinité des détails. Il ne passe
rien. Mais par moments le peuple russe apparaît mystique, railleur, servile, brutal, incohérent et gratuit. Il y a une histoire terrible : *le
mari d'Akoulina*, que raconte un forçat. D'un
bout à l'autre le héros agit dans une espèce
d'ivresse suivie. Et tout ce qu'il fait, qui est vo-

---

1. Fiodor Mikhaïlovitch Dostoïevski (1821-1881), écrivain
russe condamné à mort, il fut gracié par le tsar mais envoyé
en déportation en Sibérie où il demeura de 1849 à 1853. Il
est surtout connu par ses romans *Crime et châtiment*, *Les
Frères Karamazov*, *L'Idiot* et *Les Possédés*.

lontaire et prémédité, est complètement gratuit,
sans raison, sans intention presque.

Par moments la servilité de ces gens-là révolte
(et même de Dostoïevski qui accepte un tas de
choses énormes sans presque protester). Mais
on la sent si vraie, si naturelle, si dans le sang,
qu'on n'apprécie plus.

Il y a des types admirables. Celui du Juif qui
prête aux autres forçats en échange de haillons.
Celui du barbare Tcherkesse et du Caucasien. Et
celui du Tzigane, hautain et distingué comme un
noble, et bandit terrible.

Il y a des scènes : le retour à l'hôpital des
condamnés qu'on vient de fouetter et qui se promènent dans la salle, nus jusqu'au torse, cou-
verts de sang, et pâles, et claquant des dents,
sans rien dire...

L'agonie d'un poitrinaire, à qui l'on n'a pas
enlevé ses fers.

C'est beau. Il faut maintenant que je lise un
roman de lui.

A.-F. : *21 juil. 1911*

— Je lis *l'Adolescent*. Dès cette confusion terrible du début, je me sentais gagné par la fièvre.
J'ai terminé la première partie, bouleversé !

Une remarque de détail : l'extraordinaire grandeur que prennent chez Dostoïevski ces histoires louches d'annonces de femmes dans les journaux, etc. On devine que lui-même s'est perdu là-dedans parfois, poussé par quelque mauvais désir, hésitant sans cesse entre le bien et le mal, se débattant sans cesse tantôt contre le mal et tantôt contre le bien... Parti pour faire le mal et, au milieu même du mal, agissant comme un grand saint héroïque. Dans un portrait de lui, il faudrait le montrer, la tête en feu, les mains suantes, cherchant à la quatrième page d'un sale petit journal — et ne sachant pas encore si c'est pour violer une femme ou pour lui envoyer sa dernière pièce de cent sous, sans se faire connaître.

Le ton, rien que le ton du personnage de l'adolescent, Arcade, est une chose terrifiante de réalité. Et quel personnage immense que Versilov. Et Kraft... (« Je crus d'abord qu'il se moquait de moi, mais je vis dans ses yeux l'expression d'une *ardente bonté*... »)

A.-F. : *janv. 1913*

— De longues conversations avec Péguy sont les grands événements de ces jours passés. De lui aussi j'aurais voulu te parler longuement. Je dis, sachant ce que je dis, qu'il n'y a pas eu sans doute depuis Dostoïevski, un homme qui soit aussi clairement « homme de Dieu ».

Moussorgski : Boris Godounov[1]

— Le rideau levé, c'est toute la sainte Russie qui chante avec ses cloches et ses prières. Elle m'implore, elle est à genoux ; elle tend les bras ; elle me prend à témoin ; elle m'adresse le chœur de ses paroles mendiantes. Oh ! comme j'entends sa plainte ! comme me saisit sa demande !

Jacques Rivière, *Études*, 1911

J.R. : 27 mai 1908

J'ai été hier soir entendre *Boris Godounov*. Je ne peux pas te dire comme c'est beau. Rien de ce qu'en ont dit Willy et Carraud n'est exagéré.

1. Modest Petrovitch Moussorgski (1839-1881), compositeur russe, auteur de *Boris Godounov*, opéra célèbre encore de nos jours et qui parut pour la première fois à Paris en 1908. Son livret est tiré d'une tragédie historique de Pouchkine. Cet opéra eut une grande influence sur Jacques et Henri.

Et c'est bien vrai que c'est le germe évident de *Pelléas* — C'est cette mélodie toujours spontanée et qui par d'imperceptibles inflexions exprime sans cesse ce qu'il faut. Il y a des moments où cela monte, grandit et s'abaisse comme : « Il avait toujours suivi mes conseils jusqu'ici », avec la même immense et douloureuse gravité. Il y en a d'autres où le contour mélodique cerne avec une tendresse indicible l'émotion du personnage. Il y a par exemple : « grand-père, j'ai reçu en même temps que la lettre de mon frère... » — Et l'orchestration aussi, bien que plus dépouillée, fait beaucoup songer à *Pelléas*. Il y a eu un moment où tous les pelléastes présents se sont regardés un peu interloqués. C'est quand l'orchestre a joué *effectivement* et *textuellement* le thème du souterrain. Il n'y manquait que les harmonies.

Et cependant c'est très différent de *Pelléas*, et l'originalité de *Pelléas* n'est nullement diminuée par *Boris*. En effet tandis que *Pelléas* est français, *Boris* est russe. Il n'y a pas ce qu'il y a dans *Pelléas* de si français, le demi-jour et le demi-mot, la passion contenue, la main sur la bouche pour étouffer le cri, et l'intensité sourde que prennent ainsi tous les élans arrêtés. C'est russe non pas à la façon des éclatants et barbares poèmes de Rimsky, mais russe d'une façon que nous ne connaissions pas. Souvent la mélodie fait penser à du grégorien (d'ailleurs c'est aussi la seule chose à quoi celle de *Pelléas* puisse faire penser). Et cela a la barbarie admirable du grégorien. Il y a des chœurs au début qui chantent une phrase très longue qui monte et descend sans s'interrompre, et qui fait sourdre les larmes tant elle est pure en soi, indépendamment de sa signification. C'est russe en ce que c'est d'une spontanéité inimaginable, en ce que les mélodies jaillissent d'un seul coup et vous cinglent et vous enveloppent comme un coup de vent imprévu, et en ce qu'il n'y a qu'un barbare russe qui ait pu de notre temps avoir une telle primitivité musicale. La mélodie est presque toujours si pure qu'elle a le parfum de la neige.

Bref c'est infiniment « plus près de mon cœur » que tout Wagner, tout d'Indy et même tout Rimsky, qui n'agit, quand il est bon, que sur les sens, tandis que dans Moussorgsky c'est tout l'être qui est intéressé. C'est navrant que ni toi, ni Isabelle ne puissiez entendre cela.

Les chœurs de *Boris Godounov* sont extraordinaires. Jamais je n'en ai entendu de pareils. Il faut voir tous ces bonshommes et bonnes femmes en superbes et barbares costumes de moujiks grouiller dans la cour du monastère ou dans un paysage de neige et chanter, chanter comme jamais chœurs n'ont chanté en France !

Je crois que tu aimerais les décors qui sont maladroits, mais somptueux. La dernière scène, où Boris meurt au milieu d'hallucinations terribles, s'achève par l'arrivée d'une théorie de catafalques ambulants. C'est terrible.

LE CHOC DE CLAUDEL

En attendant Claudel
Plus grand que Dante
Je crois qu'il est Shakespeare
Le merveilleux détail
de ses immenses idées
Sur les choses de la vie
Mais Claudel est venu
Accepter tout ce qui est
Mon domaine à moi ! Poète !
Je me suis reconnu.

Le choc de Claudel. *Dès leur première rencontre avec les écrits de Paul Claudel, Jacques et Henri sont fascinés par l'immensité du génie de l'écrivain. Né en 1868 dans un milieu matérialiste, le jeune Claudel se convertit au catholicisme à Notre-Dame devant la statue de la Vierge. Il a vingt ans et une nouvelle vie commence. Une œuvre poétique et dramatique naît qui désigne Paul Claudel comme l'un des plus grands poètes du XXe siècle. Elle offre aux deux jeunes gens un itinéraire qui les entraîne à une recherche passionnée de la vérité. Claudel mourra en 1955, laissant une œuvre considérable.*

En attendant Claudel

J.R. : 2 févr. 1906

EN ATTENDANT CLAUDEL : (Lire ceci simplement à titre de document.) C'est un exercice de
divination

Je m'imagine ses personnages. Ils prononcent
des paroles premières, venues intactes de la primitive humanité, des paroles qui gardent la
forme des roches sauvages et le goût de ce qu'elles signifient. Ses personnages, ils sont tout en-
tiers successivement dans chaque phrase qu'ils
disent : leur âme est une force droite et qui ne se
connaît pas ; rien en eux n'est distinct de rien.
Ils souffrent comme on crie ; ils espèrent comme
on étend la main.

CLAUDEL

Nous allons faire un traité. Tu vas écrire sur une feuille ce que tu en penses. Moi de même, quand je l'aurai lu. Alors je t'enverrai mon papier, toi le tien. Il ne faut en aucune façon que notre première impression soit oblitérée par celle de l'autre. Entendu ? Après, nous discuterons, s'il y a lieu.

Je n'ai pas encore acheté *l'Arbre*. J'ai lu la première partie de *Tête d'Or* chez mon libraire et je finis à l'instant *les Muses*, dans le *Vers et Prose*[1] de Juin 1905. Cela m'a... Non, rien.

Je tiens ce que tu m'en as dit pour non avenu.

A.-F. : *17 févr. 1906*

Il est assez curieux que j'aie regardé, tout comme toi, s'exaspérer en moi le désir de lire Claudel et que moi aussi j'aie tâché de le deviner, mais sans rien connaître de lui. Je me demandais seulement : « Si j'avais du génie, quels

---

1. *Vers et Prose*, revue littéraire et poétique lancée en 1905 par Paul Fort et André Salmon. Claudel, Gide et Suarès y publièrent des textes. Jacques et Henri la lisaient assidûment et poussaient leurs amis à s'y abonner.

personnages créerais-je et comment les ferais-je manœuvrer ? » La réponse était vague et assez peu Claudel.

En gros, ce ne sera pas un de mes maîtres.

Encore qu'il m'ait appris certaines choses et précisément celles que tu dis : cet art d'exprimer quelque chose qui est tout ; d'un coup, parole et pensée, monde intérieur et extérieur.

Des personnages qui apportent dans chacune de leurs phrases leur vision complète du monde, d'un monde où eux-mêmes ont leur place nettement marquée.

Des phrases venues du fond de la primitive humanité — oui, mais surtout Claudel me donne cette impression très particulière qu'il réalise à chaque instant, ce que pourrait être *l'art* chez les personnages qu'il crée ou qu'il évoque.

Art de paysans dans *la Jeune Fille Violaine*[1]. Cela fait penser à ce que serait un drame joué dans des fermes et fait par des paysans, si les villes n'existaient pas et que les paysans se mêlent de faire des drames. Les paroles ne sont pas celles que la vie prononce, elles sont cherchées

---

1. *La Jeune Fille Violaine*, première version de ce qui deviendra *L'Annonce faite à Marie*. Claudel est aussi l'auteur *La Ville, Tête d'Or, L'Échange*, ses premières grandes œuvres lyriques et théâtrales.

et contournées pour exprimer la vie des âmes ;
et, à grand renfort d'images prises à la vie et
aux préoccupations journalières, elles expriment
des âmes, elles évoquent des vies.

Ceci me paraît aussi juste pour les autres pièces, avec cette différence qu'il a créé des sociétés
complètes avec des états d'âme contemporains
très simples et qu'il les a fait s'exprimer avec un
art fait de simplicité et de primitivité :

Cf. *l'Échange — La Ville.*

L'écueil c'était cette imitation, ce pastiche
presque, des arts lointains des sociétés primiti-
ves : Shakespeare et son art populaire, et ses
drames faits pour secouer des hommes violents
et sombres, qui les écoutaient à cheval — dans
des plaines de boue ; Eschyle et ses drames lents
et imagés, belles phrases inquiètes d'un beau
peuple terrifié par le destin ; et la Bible, venue
du plus lointain et du plus naïf des anciens peuples, drame immense qui s'augmentait, chaque
jour, d'un peu de la vie des peuples, en marche
dans le désert, histoires de leurs batailles, révo-
lutions des astres, inquiétudes ou tristesses
amoureuses ou lamentations de leurs rois, sous
les tentes, etc.

Son art vient de là. Il n'y a pas à dire.

Je ne sais pas encore s'il faut lui reprocher de
ne pas s'être assez dégagé « lui-même ». Il est

certain qu'au premier abord c'est ce qui éloigne tout le monde.

Il a apporté un trésor inouï d'images ternes, basses, précises.

Une de ses nouveautés, c'est peut-être ces personnages qui sont surtout des visions complètes du monde et de la vie — et son drame, le choc de ces visions. Et par « vision » je n'entends pas seulement théorie abstraite de la vie comme dans nos pièces contemporaines, mais avec cette théorie abstraite et, pour ainsi parler, politique, des évocations de sentiments, de jours, d'heures, d'instants ; des phrases suggestives, des mots qui évoquent, de grands discours qui rappellent.

Cf. *L'Échange*, et surtout *La Ville*, et la *Jeune fille Violaine*.

Ce que j'apprécie surtout dans ses drames, et ce qui ruine toutes les théories ci-dessus, ce sont les émotions qu'il donne de par son pouvoir de suggestion. Son drame, un flot qui vous emporte ; on se soucie peu de savoir où il va et, par moments de rouler aveuglé dans le tourbillon parce que, par moments, le soleil fait éblouissante l'écume des plus hautes vagues, ou bien on est étourdi et enivré de grands coups de rafales, pleins d'eau amère, ou bien les lames vous portent si haut qu'on aperçoit, sur des rivages inconnus, des pays où l'on laboure à l'ombre, et qu'on peut regarder jusqu'au cœur des villages.

De ce point de vue, *Tête d'Or*, le drame le plus apparemment incohérent, serait peut-être celui qui parle, à l'aveugle, à travers le plus de sentiments ardents, incohérents, contradictoires.

Pardonne ces phrases prétentieuses et sans lien, péniblement amenées, au milieu d'individus indiscrets qui me dérangent.

*Cela est vrai
que c'est plus grand que
Dante*

J.R. : févr. 1906

Vers le mois d'Octobre j'aperçus sur une étagère chez mon libraire : *l'Arbre*[1]. J'ouvris le livre et tout debout je lus, au milieu du bruit. Les premières pages : Elles me donnèrent une impression d'étrangeté et de vastitude incomparables. Évidemment cela me dépassait : je ne

---

1. *L'Arbre*, titre général des première œuvres dramatiques de Claudel.

comprenais pas ; mais j'étais terriblement remué. Et souvent, quand je venais à la librairie,
j'ouvrais le livre et je tombais tout le temps sur
les mêmes pages. Je voyais : Cébès, Simon Agnel
— et ailleurs ce nom comiquement étrange :
Thomas Pollock Nageoire, ailleurs encore :
L'Ange de l'Empire. — Et puis il y avait je ne
sais quoi, la forme du livre, la finesse extrême
du papier, les 500 pages condensées sous un
petit volume, l'absence du tableau des personnages avant chaque pièce. Tout cela, comme un
petit enfant, m'excitait et m'ouvrait d'immenses
entrevisions.

J'ai lu le livre en huit jours. Une foule de détails m'ont échappé, le sens général de chaque
pièce m'a peut-être échappé, peut-être même
me suis-je trompé sur le sens général du livre et
sur le titre. Et néanmoins cela est pour moi une
des choses les plus passionnantes, les plus profondes et les plus belles que j'aie jamais lues.
Oh ! mon ami, cela est vrai que c'est plus
grand que Dante. Quand on arrive à cette dernière scène de *La Jeune Fille Violaine*, qui domine tout le livre, comme le plateau où se
trouvent les personnages domine toute la
plaine, quand on arrive à cette hauteur d'immense apaisement, de satisfaction mélancoli-
que et d'*acceptation sans limites*, oh ! oh ! que
c'est beau et bon à la fois.

Voici le soleil dans le ciel,
Comme sur les images quand le maître réveille
  l'ouvrier de la Onzième Heure.
... Que je vive ainsi ! Que je grandisse ainsi,
  mélangé à mon Dieu, comme la vigne
  et l'olivier.

D'ailleurs les citations ici ne sont pas permises. Il faut relire tout cela sans s'arrêter et sentir son cœur se gonfler peu à peu de tranquillité. Jamais peut-être on n'a jeté *un coup d'œil plus essentiel sur les choses de cette vie.*

En effet, il ne faut pas se tromper. Nous avons ici plus qu'un dramaturge, nous avons un philosophe, nous avons un dramaturge-philosophe. Et puis non, tiens. Ces définitions sont plates ; c'est un homme qui pense comme il respire et comme il agit, avec la même poussée intérieure et la même plénitude ; je veux dire seulement qu'il ne faut pas s'écrier : Ceci est bien, et ceci n'est pas bien. Tout a sa raison d'être, même les longueurs, qui sont le développement progressif et magnifique de la pensée. Et cette pensée a la lourdeur et l'obscurité de la vraie pensée.

Je crois qu'il est Shakespeare et qu'il a du génie

J.R. : févr. 1906

J'ai ri, en recevant la lettre, de voir combien les différences de nos deux appréciations sur Claudel étaient exactement nécessitées par nos différences. Du premier coup et avant de songer à avoir du plaisir, j'ai cherché l'*idée*, ou plutôt le *sens*, toi tu n'y as songé que secondairement, après avoir cherché le tragique et le poétique. Or il s'est trouvé que j'avais raison (car on ne peut mettre en doute que Claudel ait voulu avant tout dramatiser une idée) ; mais ç'a été absolument par hasard. Il aurait pu aussi bien se faire qu'il n'y eût pas d'idée ; alors j'aurais pataugé et n'aurais rien compris. Je crois — pardonne-moi — qu'ayant fait le contraire de ce qu'il fallait faire (en vertu de tes tendances profondes), tu t'es trompé et tu as mal compris. Au fond, je crois que c'est très simple, que même « les paroles » ne sont pas « cherchées et contournées », mais, comme je l'ai dit, essentiellement directes. C'est un art primitif, mais en même temps moderne ; il exprime ce qu'il y a de primitif dans le moderne. Et c'est bien ce que tu as dit, mais sans insister assez. Si tu avais insisté (sur l'idée) tu aurais eu la *communication* intime avec l'œuvre, l'intuition de son originalité essentielle. Tu n'aurais pas parlé de confusion possible avec Shakespeare (que j'ignore, mais je *vois* très bien). Cela *passe par* Shakespeare, comme *par* la Bible et *par* Eschyle, parce que cela est l'expression de la primitivité transmise par Shakespeare et les autres jusqu'à nous ; mais cela n'*est* ni Shakespeare ni les autres, parce que cela vient bien après eux. C'est le complément, non la réplique. Ce qui peut tromper, c'est peut-être l'analogie du style. Mais en plongeant d'abord jusqu'au fond et en tâchant de nager dans le sens où l'on est emporté, l'on oublie tout le reste au milieu des merveilleuses sensations que tu décrivais ; on sent même que cela est unique,... et d'une hardiesse sans exemple. « Art cyclopéen » a dit quelqu'un. Oui mais cyclopéen comme les édifices énormes de New York.

J'exagère naturellement, mais je crois voir vrai. Il n'y a pas « pastiche » comme tu dis, oh ! pas le moins du monde, il y a continuation. Et je crois que c'est un coup de génie d'avoir ainsi retrouvé le primitif sous le placage moderne, d'avoir atteint et mis à nu cette couche profonde et *humaine*, dont parle Taine. Coup de génie ! Claudel ne peut pas avoir de talent ; il ne peut avoir que du génie ou rien. Il ne peut être qu'un fou ou Shakespeare ; je crois qu'il est Shakespeare, et qu'il a du génie.

Je ne dis pas plus que toi qu'il est un de mes maîtres, car il ne peut ni ne veut rien m'apprendre ; (Et encore ?) mais il est celui qui m'a donné la plus large vision que j'aie jamais eue. (Y a-t-il rien de plus beau que le 1er Acte de *La Ville* ?)

Le merveilleux détail de ses immenses idées

A.-F. : 7 mars 1906

Grand amour pour Claudel, plus grand à mesure que je relis. J'aurais parlé longuement de nos façons de le goûter et un peu attaqué la tienne. De quel droit le disséquer ainsi et en sortir une idée ? Il n'est pas douteux qu'il ait voulu dramatiser une idée, mais, comme tu le disais, elle est telle qu'il l'a péniblement exprimée et non pas idée sèche dans un petit exposé. Ta besogne très intelligente, mais incomplète, est dangereuse : ta définition de Dieu selon Claudel, je connais un idiot qui songerait à l'opposer à celle de Renan !

Moi je me suis laissé porter par le merveilleux détail de ses immenses idées ; je les ai bien à peu près senties comme tu me les as exprimées ; j'ai senti cela et bien d'autres choses ; je n'ai pas eu l'espoir audacieux d'en prendre conscience du premier coup. C'est comme si du premier coup on voulait dominer toute la vie.

Mes réflexions qui ont dû te paraître bien faibles, ne voulaient que fixer certains aspects de l'œuvre telle qu'elle m'était apparue.

Par exemple, la citation « Noirpiaude, Vilaine, vilaine » venait à l'appui de mon idée de magnifique art primitif ou paysan. Je n'avais mis là aucune idée de mépris, au contraire. Et n'est-ce pas ce que tu as dit sous une autre forme.

Je suis trop fatigué d'une dissertation de ce matin, et trop pressé pour t'en parler aujourd'hui : je repasse dans *Tête d'Or* comme dans un monde, et dans une vie que j'aime comme si je l'avais déjà vécue.

Sur les choses de la vie

J.R. : 19 mars 1906

Claudel est le plus grand esprit qui ait jamais été. Car cette idée, qui est plus qu'une idée, qui est comme toute une vie, cette idée est celle de l'Arbre. « Que je vive ainsi ! Que je grandisse ainsi, mélangé à mon Dieu comme la Vigne et l'Olivier[1]. » Bien que du premier coup j'aie pressenti tout cela, son livre ne m'a pénétré que peu à peu, par l'intérieur, obscurément et le travail de ma pensée s'est accompli comme celui de la germination. Alors ce matin brusquement la compréhension de *cela* a éclaté en moi, j'en ai vu avec une intensité incomparable la vérité, et mon corps se soulevait de triomphe : et je me disais : « Je vis sur le seuil de la mort ! et une joie inexplicable est en moi[2]. » Oh ! comme j'avais raison de dire : « La fin de *la Jeune Fille Violaine* est un des regards les plus essentiels qu'on ait jetés sur les choses de cette vie. » Anne Vercors revient d'Amérique, où il a accompli son œuvre inutile, dont rien ne reste. Qu'importe ! Il a fait le geste que commandait sa vie. Il s'est accepté lui-même. Et Mara la noirpiaude, aussi s'est acquittée de sa tâche, qui était de faire le mal. Elle n'a pas dévié de la nature universelle : elle s'est acceptée elle-même.

---

1. Dernières paroles de Pierre de Craon à la fin de *La Jeune Fille Violaine*.
2. Paroles d'Anne Vercors au même moment de la pièce.

Mais Claudel est venu

J.R. : 19 mars 1906

Bien qu'il soit un peu vain de vouloir toujours mettre des noms sur les choses, je veux que tu regardes combien Claudel est venu pour moi à propos, juste au moment où je me détachais de Barrès[1] sans bien savoir pourquoi. Claudel est venu condenser Barrès, contracter les deux Barrès en un seul. Comme je voulais faire, Barrès a commencé par la passion pour finir par l'acquiescement, car je crois bien résumer par le mot *passion* toute l'ardeur intellectuelle dont je me suis moi-même ravi. Mais Claudel est venu et m'a enseigné que la passion sous toutes ses formes était le véritable acquiescement, la véritable participation à la Nature. Admirable coïncidence, qui soudain me tire des hésitations où je m'endormais. Car j'allais me perdre sans l'intervention de Claudel. Quand j'ai annoncé

---

1. Comme Laforgue pour Henri, Barrès fut la première grande admiration littéraire de Jacques Rivière.

Mais lorsque Barrès devint député et qu'il fut élu à l'Académie française en 1906, Rivière se détourna de lui, déçu de le voir courir les honneurs et s'adonner à la politique.

il y a un mois que la rupture avec Barrès commençait, je ne me trompais pas. Depuis ce jour
nous nous sommes lentement arrachés l'un de
l'autre ; mais je sentais la déchirure sans douleur, j'étais dans une sorte de marasme, je ne
me cherchais plus, je ne me trouvais plus.
C'est ce qu'exprimait très bien ma dernière
lettre où avec des mots nouveaux je ne faisais
en somme que me répéter. Mais Claudel est
venu, et après quelque temps la compréhension de Claudel soudain s'est élaborée en moi.
Je me sens maintenant en possession d'une
force bien authentique. Et la preuve c'est que
j'éprouve l'illusion intense que je ne pourrai
jamais monter à une sagesse plus haute. Je me
vois sur la plate-forme avec Anne Vercors, et
Pierre de Craon, et Jacques Hury, et Mara
aussi et surtout Mara. Et je suis là dans une
ineffable paix, dans une immensité de compréhension. Je n'en veux plus sortir que pour les
quelques pas trébuchants vers la mort.

Qui contiendra la grande flamme humaine !
Je brûle tout entier vers mon Dieu, je brûle tout
entier en mon Dieu. Et je ne lui veux d'autre
hommage que la flamme même que je suis.

C'est ici qu'interviendrait la musique, pour
continuer l'expression de l'inexprimable, pour ré-
pandre tout mon triomphe intérieur, la musique,
véritable participation à l'existence universelle.

Accepter tout ce qui est

21 mars 1906
Mercredi, veille de la Mi-Carême.

J'ai eu tort de dire que Claudel ne serait pas mon maître.

Je crois que son influence morale sur moi est énorme. Je ne veux parler que de celle-là — et peut-être, d'ailleurs, est-elle un contrecoup sur mon moi artiste et littérateur.

Il m'a appris la grandeur *sévère* de cette sérénité devant la vie — que j'ai acquise depuis l'été dernier. Il a centuplé mon courage pour accepter passionnément tout ce qui est rude, âpre, sale. Je sais me mêler à tout ce qui m'entoure, extasié, silencieux, et accepter tout ce qui est — avec le mot : « voici que... ». Je pense en ce moment à cette banlieue que j'ai traversée, dimanche, toute pleine de corroieries, de tanneries et de fumiers qui puaient au soleil. Le vent chaud des premiers soleils vifs apportait cette odeur et de la poussière au visage des laides femmes endimanchées. Deux gros hommes en bras de chemise causaient avec un grand bohémien à la main coupée qui demandait, en riant, du tabac et la route de je ne sais où. Quatre voitures minables attendaient en file ; une grosse Italienne noire et flasque puis beaucoup d'enfants bouchaient les portes étroites des voitures — et, attaché court sous la première, un vieil ours pelé faisait trois petits pas puis levait une patte de derrière, puis revenait et refaisait trois petits pas et ainsi de suite, indéfiniment, à donner le vertige. Le soleil donnait ; j'ai entendu très longtemps le bruit du cognement de l'ours à la chambrière de la voiture, au troisième pas. J'ai compris qu'il dansait, sous la voiture, indéfiniment la polka, ou la mazurka.

J'ai pensé à Jammes. J'ai pensé à ces tableaux de Dürer ou de Teniers où l'on voit trois hommes en bras de chemise sur le pas de la porte.

Mon domaine à moi ! Poète !

A.-F. : 21 mars 1906

Je n'ai pas pensé à *Germinie Lacerteux*. Il m'a renforcé aussi dans cette conviction que j'ai toujours eue (comme Jules Vallès) que je ne serai pas moi tant que j'aurai dans la tête une phrase de livre — ou, plus exactement, que tout cela : littérature classique ou moderne n'a rien à voir avec ce que je suis et que j'ai été. Tout effort pour plier ma pensée à cela est vicieux. Peut-être faudra-t-il longtemps et de rudes efforts pour que, profondément, sous les voiles littéraires ou philosophiques que je lui ai mis, je retrouve ma pensée à moi, et pour qu'alors à genoux, je me penche sur elle et je transcrive mot à mot.

Ma pensée n'a été rien d'autre que ma vie qui se déroule, ma vie faite des bribes de millions d'autres vies partagées, puis arrêtées ou manquées, puis reprises. J'ai reçu des gifles, autrefois, comme les écoliers du village, pour apprendre à écrire, et comme l'ours a reçu des coups de bâton pour apprendre à danser.

Et vous ne direz jamais toute la pensée, vous qui faites des formules, puisqu'il restera toujours un rayon de soleil ou un coup de bâton que vos formules n'auront pas exprimés. Il faudrait que la formule se déroule aussi lentement que la vie l'évoque à mesure. La formule : résultat, synthèse — est morte s'il ne reste pas en elle toute l'analyse antérieure, tout le travail vivant qui l'a produite. Claudel n'a pas séparé un instant la vie de ses personnages de la formule qu'ils trouvent. On ne sait pas quand ils commencent à la trouver, quand elle est trouvée. Ils n'apprennent pas à se résigner ; ils se résignent et disent : c'est bien.

TA LETTRE REÇUE. Je viens de relire ce fragment écrit Mercredi soir. Il n'y a pas un effort pour expliquer ou pénétrer Claudel. Une entrevision de lui, et me voilà parti dans mon domaine à moi ! Poète ! Mais c'est bien ainsi, puisque nous sommes deux ; et puis j'ai tout compris quand même. Que je suis heureux de nous voir rencontrés, retrouvés, dans cette immense admiration. Je savais que ce serait lui, après Barrès, je n'osais pas espérer tant d'amour, et pourtant j'étais sûr de ta lettre d'aujourd'hui.

J.R. : 22 mars 1906

Depuis Wagner personne n'a eu à sa disposition une telle puissance expressive, une telle force de poétisation, si j'ose le mot. C'est pourquoi je me redis souvent un mot que malgré mes enthousiasmes j'ai bien rarement prononcé : Génie, Génie.

Je me suis reconnu

J.R. : 5 avr. 1906

Oui. Mais par où commencer ? Par où aborder l'effroyable génie ? Comment dire la chose, qui est une seule chose ? Il me semble que les Autres m'ont révélé chacun une partie de moi-même. Mais lui m'a révélé tout entier à moi-même. Je me suis reconnu d'un seul coup. Et c'est pourquoi son enseignement s'est infiltré dans les moindres parties de mon être.

J.R. : 13 avr. 1906

J'ai relu d'un seul trait *la Jeune Fille Violaine*. C'était un effort énorme, qui m'a laissé épuisé tout le reste du jour. Mais Dieu que c'est beau ! Quelle immense chose. Comme tout « se compose » dans les moindres parties. Et déjà je ne veux plus chercher de mots. J'admire en silence, je participe, je vis, je croîs, je meurs.

A.-F. : *21 avr. 1906*

J'ai reçu ta deuxième lettre au retour d'une messe dite à la mémoire de mon grand-père — la seule à laquelle j'aie assisté depuis un an et même plus. J'y ai prié Dieu et pensé à mon grand-père un peu à la façon de Claudel. C'était plus fervent que beaucoup de « chapelets ».

Moi aussi, j'ai relu *la Jeune Fille Violaine* en une soirée, sur le bureau de l'école où je t'écris maintenant. Je ne laissais pas passer un verset que je ne l'aie compris. Je lisais à haute voix, je parlais selon les indications des lignes, je prenais les attitudes, lorsque c'était plus difficile, et je comprenais tout.

Je me rappelle qu'au début de l'immense dernière grande scène, là où ils sont assis devant la plaine, au fond du jardin, sur le banc de pierre — arrivé aux pauvres lamentations inutiles de Jacques Hury — paroles perdues mais qu'il faut dire — assis comme lui, je baissais la tête et je *m'étais mis le poing sur la bouche* : « Ô Violaine ! Ô mauvaise Violaine ! tu m'as trahi ! etc. » et plus loin, il y avait : « Jacques Hury pleure, *le poing sur la bouche.* »

J.R. : 3 mai 1906

Tout ce que tu me dis sur Claudel est merveilleux de compréhension à ta manière. Et je
suis ravi de voir que ta compréhension coïncide
sur bien des points avec la mienne, malgré les
apparences. Cela me confirme dans l'idée que je
vois juste.

ANDRÉ GIDE

Beauté diffuse
« Dieu n'est pas ailleurs
que partout »
« Jette le livre »
Les Nourritures terrestres
Les Poésies d'André Walter
Paludes
L'Immoraliste
Cette voix
aux résonances lointaines
Les rencontres de Gide
Cuverville

André Gide (1869-1951). *Le personnage un peu am-
bigu dont les jeunes gens admirent les œuvres d'emblée
est le fondateur de la* Nouvelle Revue française *qui
conservera une grande notoriété jusqu'à nos jours. Ils
font connaissance et sont invités très vite dans sa maison de Montmorency et sa délicieuse demeure de
Cuverville en Normandie.*

Dès le premier abord Gide apprécie l'intelligence de Jacques et l'invite à collaborer à sa revue dont Rivière deviendra le directeur en 1919.

Gide sera plus réservé face à Alain-Fournier dont il sent la personnalité peu encline à ses subtilités.

Beauté diffuse

J.R. : 5 nov. 1905

La Tentative Amoureuse est un pur chef-d'œuvre. Délicatesse indéfinissable, aperçus immenses sur les paysages de l'âme, que symbolisent les paysages naturels. Ironie subtile, subtile. Beauté diffuse, confuse, charmante. Charme incompréhensible, quand j'y songe, et surtout intransmissible.

C'est pourquoi je m'arrête, mais comme c'est joli et beau.

J'ai l'intention de lire, si je peux me le procurer, *l'Arbre* de Paul Claudel, que j'ai feuilleté et qui m'attire singulièrement.

J.R. : 7 août 1906

André Gide : *(les Nourritures terrestres. Le Pro-
méthée mal enchaîné)*. Être adorable, et qui ne
passera pas sans influence sur moi. Être adorable.
Les Nourritures terrestres : des désirs perpétuels,
naissant au contact de toute chose, et perpétuelle-
ment satisfaits. Des faims, des soifs de tout. Des
satisfactions, des rassasiements partout. Il faut voir
le livre, avec ses Rondes incohérentes, ses phrases
détachées et inachevées, ses invocations suspen-
dues, puis reprises, ses ébauches de phrases, et sa
sensualité dévorante, palpitante. Tu l'adorerais. Je
me disais : C'est ce que Fournier me conseillerait :
m'attacher à tous mes désirs et les rassasier avec
n'importe quoi de la nature, aimer la nature à
même et sans choix, la baiser toute et sans relâche.

« *Dieu n'est pas ailleurs que partout* »

J.R. : 9 août 1906

André Gide. Être délicieux, balbutieur exquis
et passionné. Oh ! cette terrasse au-dessus de

Florence, où des personnages à noms antiques viennent goûter la nuit. Ô Ménalque, qui te dépouilles de tous tes biens pour aller par le monde à la recherche de sensations neuves, de parfums encore irrespirés.

« Dieu n'est pas ailleurs que partout ». Je suis tellement séduit que je vais acheter le *Philoctète (la Tentative Amoureuse — le Traité du Narcisse — El Hadj)* que j'ai lu, mais que je veux sentir près de moi.

J.R. : 30 août 1906

Je te plains de ton aridité, que je devine affreuse. Mais tu as bien vu ce qu'elle t'apportait : la conscience renouvelée de l'existence unique du désir. Au fond ce que j'appelle Force, ce que tu appelles amour, ce que Gide appelle volupté, c'est toujours la même chose, c'est toujours le désir. La multiplicité des noms n'a d'autre raison que de multiplier notre plaisir, en nous donnant plus de mots à savourer. L'unique existence est le désir. Volupté, force, amour, désir, mots que je voudrais — comme dit Gide — répéter toujours. C'est de vous que je vis, c'est de vous que je meurs. Vous êtes ma vie, vous êtes ce qui me soulève, vous êtes ma tendance vers Dieu, l'attraction de cette chose que je suis par Dieu. Désir ! Désir ! Il n'importe de quoi — particulier ou général. Que sont les choses ? Des motifs de désir. Désir des belles lèvres. Désir des eaux fraîches, où je me voudrais, des jours, engloutir la tête jusqu'au cou. Désir des femmes. Désir des hautes idées.

« Et d'abord sache ceci que Dieu n'est pas ailleurs que partout[1] ».

Comprends-tu pourquoi j'adore Gide ? Gide, qui ne sait que balbutier ses voluptés et recommencer toujours, et toujours, se pâmer de désir et de jouissance. Au fond c'est pour leur culte du désir (sous des formes diverses) que j'ai été poussé vers Barrès, Claudel, Gide ; c'est à cause de son impassibilité que j'ai été détourné de Maeterlinck.

Ô quand le désir ne fera-t-il plus de moi qu'une flamme ?

---

1. Citation tirée des *Nourritures terrestres* : « Ne souhaite pas, Nathanaël, trouver Dieu ailleurs que partout. »

« *Jette le livre* »

A.-F. : 3 sept. 1906

J'aime Gide et j'adore certains passages de ses impressions, de départ ou de campagne. Mais à une première lecture, m'ont choqué certaine rhétorique que je te ferai sentir quand Bichet m'aura rendu le livre ; et — faut-il le dire — ce sensualisme si différent du mien, qui n'est que du sensualisme (on oublie vite le symbole initial et final : Dieu) ; ce sensualisme qui est une fin et pas un moyen, comme le mien, de rappeler ou d'appeler des Choses de la Vie, m'a fatigué ; et puis — faut-il le dire — je retrouve avec ma répugnance ancienne ce besoin barrésien de s'apprêter devant la vie, de cultiver ses désirs, de préparer ses amours, je le retrouve justement, ici, au début de ce livre qui n'est qu'un éparpillement de forces et d'amours, et puis dans le départ de Ménalque et puis même à certaines étapes de son voyage désordonné...

J'aime que Gide ait dit « Jette le livre », je n'ai pas à me conseiller d'attitude devant la vie ; la meilleure est celle que je vais prendre tout à l'heure et que je ne connais pas encore.

Et, si je ne l'avais déjà répété à Bichet, je te répéterais : « Désert d'alfa, plein de couleuvres... — Je veux encore parler du désert... La seconde était encore plus belle — De la troisième, que dirai-je ? Elle était encore plus belle. »

J.R. : *20 sept. 1906*

J'ai dit ou j'ai pensé que je ne voyais pas comment après Claudel je pourrais m'éprendre d'une vision plus haute et plus vaste. En effet il semble qu'arrivé à un sommet insupérable, je doive pour alimenter mon adoration chercher un peu au-dessous. Je ne m'abaisse pas. Je reviens seulement sur des points que j'avais insuffisamment explorés. Nietzsche, la force — Gide, la sensualité.

La sensualité, la volupté. Ce que je trouve d'admirable en Gide c'est qu'il en est tellement éperdu, qu'il ne sait plus à chaque instant comment la dire. Ce qui t'a paru de la rhétorique a peut-être pour cause cette peur continuelle de ne pas assez bien exprimer sa passion. Il reprend, il épure sans cesse ses mots, il les apprête pour que leur excellence soit digne de son frisson. Sans doute, c'est du sensualisme, et il est différent du tien ; mais peut-être n'es-tu pas assez purement sensuel, assez capable de te pâmer pour de l'eau fraîche ou de l'ombre, peut-être se mêle-t-il à tes plaisirs sensuels trop de souvenirs et d'évocations, peut-être ne sais-tu pas assez mordre la nature nue. C'est cela Gide. Ce qu'il y a de fatigant en effet, c'est que ce n'est que cela. Mais le fait même que ce n'est que cela, prouve une telle intensité d'adoration, de désir, que c'en est admirable.

Oui, il y a un apprêt, une attitude prise, mais cette attitude est de tout accueillir, d'étendre le plus possible les bras pour étreindre le plus possible. Et le geste de Ménalque n'est-il pas le même que celui de Violaine, se dépouillant de tout pour accueillir Dieu. Seulement Dieu, pour Ménalque est innombrablement fragmenté. Pour Violaine, qui a su rassembler « les éléments dispersés de sa joie », il est une présence secrète, unique et profonde, une possession immobile et intégrale.

Mais nous, qui ne pouvons songer à communiquer si intimement avec Lui, quel plus beau moyen avons-nous de L'adorer, que de promener partout l'inquiétude de notre désir perpétuel. Amours éparpillées, conscience de Dieu.

Voilà ce que j'avais à dire sur André Gide. Voilà pourquoi je l'aime.

Les Nourritures terrestres

A.-F. : 15 oct. 1906

Merci de ton immense ardent récit des manœuvres[1]. J'ai marché longtemps souvent près de toi. J'ai fait raconter à mon cousin, avec des gestes, comment, malgré sa force, à la fin des marches, il s'évanouissait de fatigue.

Ce récit, n'est-ce pas, était tout imprégné de Gide. Surtout, tu m'as redonné l'inexprimable impression que, par instants, le Gide le plus beau m'a donnée.

Impression unique où tiennent, je ne sais pas, quelque chose d'angoissant et de mystérieux comme la mort et qui pourtant est le mystère de l'existence, des choses qui sont là, qui ont été, qu'on a senties — quelque chose d'angoissant et d'effroyablement mystérieux.

Quand j'étais très petit, je me donnais cette impression-là, mais au paroxysme, en arrivant, après bien des efforts, à me représenter quelque chose qui était, j'en suis sûr maintenant, l'éternité.

1. Voir lettre du 19 septembre 1906 (chap. Service militaire de Jacques Rivière : « J'ai couché dans des granges. »).

Je te raconterai ça un jour en détail.

Ici, c'est à l'aide de choses très simples. Je voudrais exprimer cela, je chercherai, c'est le plus beau de Gide :

Tu y as atteint avec les phrases.

« La petite place de la mairie et la fontaine. *On prenait de l'eau dans le bidon.* »

Je n'ai peut-être jamais rien lu *de toi* (car ce n'était bien que *de toi*, sans Gide) qui m'ait paru plus beau que les phrases sur les boulangers : « j'entendais le râle ».

« Il y avait de vieilles choses qu'on écartait »

Peut-être seulement est-ce cette beauté si haute du désir pour le désir, cette angoisse de trouver des choses pauvres, âpres, douloureuses, qui pourraient servir, au même titre que les plus belles, de prétexte au désir, à ce désir ardent, profond, long, sanglotant.

(« Thou whom I long for, who longest for me[1] ») des préraphaélites, de Gide, de toi, de moi.

J'appelle rhétorique, au meilleur sens, trouver une idée, puis la servir avec des illustrations ; au lieu de faire comme Claudel.

---

1. « Toi que j'attends, toi qui m'attends. »

J.R. : 15 janv. 1907

D'un seul trait aujourd'hui j'ai relu presque toutes *Les Nourritures Terrestres*. Que c'est beau ! C'est ce que je connais de plus beau dans Gide. Surtout le Livre IV sur la Colline de Florence. Et ceci :

Désir ! Je t'ai traîné sur les routes ; je t'ai désolé dans les champs ; je t'ai soûlé dans les grandes villes...

Désir ne te lasseras-tu pas ?

Les Poésies d'André Walter

J.R. : 13 janv. 1907

Frizeau m'a prêté *Les Poésies d'André Walter*, ou l'Itinéraire Symbolique. En soi ce n'est rien. Quelques vers, sans rythme, d'une subtilité un peu puérile, quelque chose de très jeune. Mais c'est très intéressant, parce que cet itinéraire c'est déjà celui qui mène Gide des livres et de la science à la vie. C'est son départ pour la vie, son abandon de tout, son départ. — « Ils » attendent « tous deux » longtemps l'aurore. Et elle vient enfin, pure, première, accueillante, les invitant à s'en aller devant eux.

De plus en plus je suis frappé de mes affinités avec Gide. À l'heure qu'il est, si je devais écrire mon premier livre, bien que déjà j'aie vu plus loin, il faudrait pour être sincère que je l'intitule : Le Départ. J'y dirais tout mon dégoût de tout ce que je sais, tout mon désir de ce que je ne sais pas, de ce qui m'est caché, de ce que je pars pour découvrir. Partir, partir. Mais voilà, pourrais-je partir assez nu, assez candide, assez ignorant ? Serais-je jamais « absolument » détaché ?

La critique de Claudel, très juste et très injuste. Oui, c'est vrai, Gide n'a rien à dire. Mais ce fait même qu'il n'a rien à dire est quelque chose de positif, qui veut être dit. Claudel est trop haut pour saisir certaines imperceptibles subtilités. Il ne comprend pas qu'on parle pour rien. Mais toute l'œuvre de Gide est une introduction presque nécessaire à celle de Claudel. N'est-elle pas toute le Traité du Vain Désir[1] ? Gide crie : « J'ai passionnément cherché : Je n'ai rien trouvé. » C'est donc qu'il y a quelque chose, c'est donc qu'il y a Autre chose. Puisque les objets de nos désirs sont des « concrétions

---

1. « Le Traité du Vain Désir », sous-titre de *La Tentative amoureuse* de Gide.

périssables », il y a Un Objet impérissable, il y a Dieu. Sous notre déception, Dieu attend. « J'ai passionnément cherché, dit Gide — Et Claudel répond : J'ai trouvé. »

Ainsi j'accorde, en mon amour, leurs deux voix.

Paludes

A.-F. : *15 déc. 1906*

J'ai lu d'abord, dans un *Ermitage*, le début de *Paludes*. Je ne sais rien d'aussi minutieusement drôle — et d'aussi suggestif : c'est plein d'idées dissimulées, réfutées ! —

J'ai lu ensuite dans un vieux *Mercure* la postface de *Paludes* qui est une théorie sur le livre en général et *Paludes* en particulier. Le livre doit être un *tout* qui contienne sa propre réfutation — dont il ne reste rien, après la lecture, qui soit en cela, une imitation du Monde — « Voilà pourquoi, Monsieur, vous n'avez rien compris à *Paludes* — , comme je l'expliquais dans *Paludes*. »

À la bibliothèque de l'Arsenal, j'ai lu « le voyage d'Urien suivi de Paludes ». J'ai eu le plaisir de le couper et d'en lire une vingtaine de pages. C'est exquis, d'une ironie terriblement douce, d'une drôlerie inénarrable. Angèle... Angèle..., lui dis-je.

Fini : *Paludes* précédé du *Voyage d'Urien* — Voici peut-être le livre le plus complet qui soit. Ne faut-il pas du génie pour dire ainsi qu'il n'y a rien à dire. Que c'est drôle, *Paludes*. Francis de Miomandre dit : que c'est triste ! il a tort, il a l'air de croire que Gide est Tityre ou plutôt qu'il est l'auteur du bouquin. Il a tort de vouloir qu'il reste du bouquin quelque chose d'autre que ce gaz hilarant dont parle Gide. *Le voyage d'Urien*, c'est aussi beau que n'importe quelle œuvre symboliste. Ces adolescents merveilleux qui découvrent sans cesse la vie. Ces symboles plus vrais et plus poignants que la réalité même directement exprimée (Et pourtant ce n'est pas encore « mon » symbole.) La terrible lutte contre l'amour et la luxure. Et cet esprit qui ne sourd jamais, toujours impalpable et comme une eau souterraine — et qu'on pressent toujours : des fins de grands récits ou de discours symboliques, par exemple, qui se terminent, comme pour abuser en souriant le lecteur et soi-même et lui faire croire seulement à quelque légende divine — par : « Ainsi les jours se passaient en fêtes et en conversations... » Et leurs délicieuses façons, à ces adolescents, d'exprimer d'une façon presque gauche et naïve et d'autant plus frappante, avec une nuance de moquerie, des vérités philosophiques soi-disant abstruses, etc. etc. Cela me rappelle la jeune fille de Laforgue disant :

Et je sais parfaitement que ma destinée se borne
(Oh ! j'y suis déjà bien habituée !)
à te suivre jusqu'à ce que tu te retournes
et alors à t'exprimer comment tu es...

Quelle façon, non moins saisissante, de dire : « un baiser sur un miroir ».

— Influences de Barrès et de Laforgue sur Gide.

— Gide, c'est par certains côtés
un Barrès pour moi
un Laforgue pour toi.

— En tout cas, ils ont eu tous les trois ce « sourire de l'âme », ce sourire sur soi-même, cette ironie sur sa propre sensibilité qui éclairait Barrès et l'aidait à se mieux connaître, qui a tant blessé Laforgue, qui lui a tant servi à se faire saigner, qui a montré à Gide qu'il n'y avait rien — que le désir.

J.R. : 1ᵉʳ févr. 1907

Je recommence à répondre à ta lettre. Oui
Gide — Barrès — Laforgue. Mais quelle plus
fine qualité d'ironie chez les deux premiers.
Comme le sourire plus calme chez ceux-ci, est
par là même plus tragique ! Je songe : Barrès
n'est-il pas, malgré les apparences contraires,
le plus artiste des trois, le type du pur artiste,
du « musicien », qui ne voit dans la vie et
dans l'âme qu'une cadence ? Qu'est son premier enseignement sinon une leçon de main-
tien ? Et que rabâche-t-il maintenant en
phrases d'une musicalité divine sinon qu'il
faut avoir une attitude harmonieuse. « Barrès
musicien » : long article... Gide aussi est musicien, mais plus tourmenté, plus troublé de volupté. Laforgue est surtout tourmenté.

De tous trois le sourire est fait de ce que je disais
plus haut, de la conscience de la Réalité du néant.

J.R. : 21 févr. 1907

J'ai besoin de relire *Le Voyage d'Urien* et *Paludes*. Déjà je m'en suis délecté à en sourire. Quelle
merveille en effet *Paludes* ! Et bien qu'il veuille

que le livre se supprime lui-même, que poignant
est ce qui en reste. Cet effort, cette indignation,
cette répulsion, qui sont le principe de la sagesse,
comme leur paroxysme est terrible ! Mais il faut
cesser d'en souffrir ; il y a une douleur plus haute
à mériter. En cela Gide a raison de vouloir,
l'ayant écrit, abolir ou que s'abolisse son livre...

Je songeais : Impalpable cruauté...

En somme c'est très près de Laforgue, mais
moins gros, moins crié, plus navrant. Ce qui est
beau là-dedans c'est cette haine du bonheur, ce
refus, ce reniement du bonheur. Gide toujours
prépare Claudel. (C'est pour cela que Claudel
ne le comprend pas, prétend qu'il n'a rien à
dire.) Gide dit : « Rien. Il n'y a rien. Rien n'est
le bonheur. Mais il est affreux. Je n'en veux
pas. » Claudel vient et dit : « Il y a la joie. Que
j'atteigne la plus grande joie. »

Que faire après *Paludes*, si l'on n'atteint pas
la joie ?

Se tuer.

Le Voyage d'Urien, c'est beau, moins sensuel, moins « terrestre » que les *Nourritures*.
En somme ce qu'il y a de plus beau dans Gide
c'est... c'est le Livre de la colline en face de Fie-
sole[1],... à moins que ce ne soit autre chose. Ad-

---

1. Tiré du troisième livre des *Nourritures terrestres*.

mirable *La Tentative Amoureuse*, cette œuvre de jeunesse !

Le seul remède que Gide trouve au rejet du bonheur, c'est encore la recherche du bonheur, sous sa forme non plus — terne — de confort, mais de volupté. Or chercher le bonheur ainsi, c'est s'apprêter une perpétuelle déception. De là toute l'œuvre de Gide, qui est comme la dégustation éphémère de ces fruits délicieux, qui laissent au palais un souvenir écœurant. Par là encore Gide prépare Claudel — en montrant où n'est pas *la joie*.

La joie !

L'Immoraliste

J.R. : 11 juin 1907

Je ne te dirai rien de *l'Immoraliste*, avant que tu l'aies lu. C'est le livre le plus terrible de Gide (je parle pour moi). Il est d'une cruauté, que je n'imaginais pas. J'en veux à Frizeau et à Jammes de ne pas le comprendre comme il faut. Je soupçonne Jammes de ne pas voir beaucoup de choses en Gide, et des plus précieuses.

Combien cette âme de Gide est près de la mienne. Même apprêt, même souci de méthodes, contrariés par de terribles désirs sensuels et un évanouissement passionné en toutes choses. C'est très orgueilleux de dire cela. Mais c'est si vrai.

Claudel est encore trop haut pour moi comme pour Gide. Peut-être n'arriverons-nous jamais à lui.

J.R. : 25 juin 1907

LES CAHIERS D'ANDRÉ WALTER

Que de choses de moi quand j'avais dix-huit ans ! Que de choses de moi tel que je suis encore maintenant sont là-dedans ! Il faut connaître ce Gide scrupuleux, chaste, timide, et si passionné déjà, si tremblant au bord de la volupté, et si idéologue, si rêveur. Grand enfant trop instruit, qui ne sait rien, tout en se doutant de tout. Il faut en lisant cela songer qu'André Walter est le futur Immoraliste, et qu'il partira un jour, fermant ses livres, qu'il partira, oh ! comme Ménalque par un matin si beau que l'air même déjà en sera une volupté. Partir, se délivrer, et même de l'amour. Oh ! qui me donnera d'être fou tout à fait, un jour ? Je vis avec Gide. Claudel disait : vous êtes perdu par Gide.

A.-F. : *29 juin 1907*

— Je lis lentement *l'Immoraliste*. C'est aussi beau que les *Nourritures Terrestres*. Convalescence infiniment émouvante ! ainsi j'ai connu, à retrouver « la lumière et l'ombre », le désir et la promesse que je me faisais, de partir sur la route brûlante et de boire à toutes les auberges, à celles « du Vivier » qui est au bas d'une côte, à celle-là, à celle-là, puis à celle-là que je ne connaissais pas et que la branche de genévrier m'a révélée. Ainsi, au milieu de la santé et de la vie, j'ai étendu les bras pour embrasser la Terre, comme au sortir d'une chambre de malade.

Cette voix
aux résonances lointaines

A.-F. : *29 juin 1907*

— Je suis heureux de ton courage, et de tes décisions. J'attends ton livre, infiniment subtil et précis, avec ces décors, entrevus dans tes lettres, plus émouvants encore et plus profonds que ceux de Gide. Mais je veux qu'en se faisant, il découvre sa véritable originalité, entre Gide et Claudel. J'y veux vraiment toute ton âme *déchaînée* : c'est-à-dire, d'une part, rien de sacrifié ni d'ajouté en vue de l'équilibre d'une construction — d'autre part, rien d'une classification ou d'une organisation de toi-même selon la vérité d'un autre, Claudel, Barrès ou Gide. — Ce sont là tentations que nous pouvons éviter maintenant, à la hauteur où nous sommes arrivés.

A.-F. : *1er juil.* 1907

Je prends décidément trop de plaisir à toute cette abstraction. Quoique vivifié et réalisé ici, je réprouve en moi ce goût de l'abstraction, de la logique, de la doctrine. C'est pourquoi je m'interdis de disserter sur *l'Immoraliste* et je n'ai voulu que te faire relire avec moi ces quelques phrases, « les plus remarquables ».

Je me contenterai, comme les femmes et les enfants, de dire mon impression. Elle est inattendue, pour moi, chez Gide. J'ai trouvé à ce livre un air de confession du siècle passé, je ne sais quel ton noble et douloureux d'autobiographie d'ancien gentilhomme. J'ai cherché quel roman de l'autre siècle, cela me rappelait.

J'ai pensé à Chateaubriand, à cause du style.
Mais surtout à *Dominique*[1]. C'est bien cette
même voix aux résonances lointaines, multi-
ples, profondes, aux silences pleins de mémoire[2], qui raconte un drame. Mais ici, au lieu
du drame d'amour, tangible et pour ainsi dire
concret, c'est la révolution subtile et immense
d'une pensée. À part cette différence, comme
de « sujet », il me plaît de dire que la filiation
est la même.

Les rencontres de Gide

J.R. : Déc. 1908

Mardi 1 h

Mon Cher Henri,

Visite Gide — Schlumberger dépasse toute espérance — Gide charmant, familier et causeur.

1. *Dominique* roman d'Eugène Fromentin paru en 1863.
2. « C'est bien cette même voix... » : phrase qu'Alain-Fournier avait reproduite textuellement dans ses brouillons du
Grand Meaulnes en l'attribuant à son héros racontant son
histoire d'amour avec Valentine.
Elle ne fut pas retenue dans la version définitive du roman.

Très « intéressé » sinon pris par la peinture de Lhote[1], faisant presque son affaire personnelle de l'introduction de Lhote auprès des marchands, de Druet probablement, parlant naturellement un peu de Denis et de « Théo[2] » (V.R.), mais sans exagérer, aimant bien les dessins de Rouault.

En ce qui me concerne s'intéressant beaucoup à moi, me faisant dire ce que j'ai écrit, m'assurant qu'il allait lire mon article sur Claudel, m'offrant la collaboration à la *Nouvelle Revue française*, qu'il vient de supprimer après le 1er n° et qu'il va refonder en la débarrassant de Montfort et consorts, se disant inquiet du titre : Introduct. à une Métaphysique du Rêve, m'offrant d'aller chez lui porter quelques tableaux de Lhote, qu'il prendrait en garde, si besoin était, et finalement, au moment de nous quitter, sur le Boulevard Montparnasse, me demandant ma carte, et me donnant la sienne.

1. André Lhote (1885-1962), peintre bordelais que Rivière avait connu chez Gabriel Frizeau et qui devint son grand ami.

Rivière, devenu directeur de la *NRF* en 1919, le persuadera de collaborer à la revue et d'y tenir la chronique artistique, ce que Lhote continua même après la mort de Jacques.

2. Théo Van Rysselberghe (1862-1926), peintre belge, ami de Gide.

Je suis très content, Je te décrirai le type samedi, car tu viendras, *Pelléas* en matinée étant imminent, je crois.

L'air beaucoup plus souple, insinuant et gamin que le grand André Gide timide et froid de chez Bernheim. Tête superbe, qui inquiète un peu d'abord et gêne. Lhote trouve des ressemblances avec Baudelaire.

Claudel vient en Juin. C'est formidable.

TON J.R.

Se débarrassant dès presque l'entrée de son pardessus, et une fois assis, se prenant le genou dans les mains, se renversant en arrière, allant toucher.

J.R. : 26 janv. 1909

Mon Cher Henri,

Gide a été cent fois plus exquis que je ne l'avais rêvé. Je suis resté deux longues heures avec lui dans son exquise villa à compartiments, à petits escaliers de bois, à portes dissimulées sous des paravents. Pour tout résumer, je lui ai tout dit. Partis de Claudel et de

Suarès[1], nous sommes assez vite arrivés à moi. Il me croyait chrétien. Je lui ai expliqué ma rencontre avec Nietzsche et avec Ménalque, et comment le christianisme n'était pour moi que l'éternelle tentation. Puis je lui ai raconté tout mon livre. Il écoutait avec une extrême attention. Il m'a dit à peu près ceci : Je comprends tout, il faut que ce soit écrit le plus tôt possible.

Il va peut-être publier quand même la *Métaphysique du Rêve* dans la R.Fr.[2]. Il m'a demandé d'écrire pour le N° d'Avril un compte rendu. Je lui ai proposé celui de *Bouclier du Zodiaque*. Il a accepté avec joie.

Je renonce, trop fatigué que je suis, à te faire sentir ce qu'a été cette visite. Jamais je n'avais eu cette émotion de sentir que les mêmes pensées que les miennes naissaient à mesure de mes paroles dans quelqu'un de si près de moi. Je crois qu'il m'a compris terriblement, et avec lui-même. Des mots qu'il m'a dits à de certains moments me le font penser.

1. André Suarès (1868-1948), grand écrivain français que Jacques Copeau avait persuadé de collaborer à *La NRF*, dans ses premières années. D'un caractère ombrageux, mais d'une plume étincelante, il est surtout connu pour son *Voyage du condottiere*, récit éblouissant de ses voyages en Italie.

2. *La Nouvelle Revue française*.

Je finis sans avoir pu te dire à quel point cette entrevue a été précieuse et unique. Dimanche j'essaierai de te le faire mieux comprendre par des détails. Mais je ne sais pas dire de détails.

Ton Jacques R.

J.R. : 28 févr. 1909

Gide est arrivé vers deux heures moins le quart avec toujours son exquise simplicité. Il s'est débarrassé de son manteau, s'est assis dans mon fauteuil, et a pris son attitude favorite les mains nouées sur ses genoux croisés, la tête penchée en avant. Nous avons beaucoup causé. Il a lu mon article lentement avec beaucoup d'intérêt, je crois, et a eu l'air d'en être satisfait. Le n° d'Avril comprendra un article de protestation sur l'attitude de la presse à la mort de Mendès, par Gide, l'*Hymne du St Sacrement* de Claudel, la suite de *la Porte Étroite* de Gide, des Poèmes en prose de R. Bichet[1] et mon compte rendu. Nous serons bien encadrés.

1. René Bichet, un ami de Lakanal, poète à ses heures, que Rivière poussa à se faire publier. Il mourut accidentellement en 1912.

Gide m'a parlé de Dostoïewski. Il insiste pour que je ne continue pas après *l'Éternel Mari*. Il dit : Ou cela gênera votre travail, ou la prise ne sera pas assez forte ! Je lui ai parlé de *l'Idiot* : il m'a dit qu'il n'y avait jamais trouvé aucune inutilité, que toutes les longueurs lui semblaient justifiées. Il parle des *Possédés* comme étant le plus terrible et le plus grand. Tourguenieff l'a intéressé jadis. Mais il le trouve maintenant trop lettré, et bien petit dans l'ombre de Dostoïewski. Gide n'aime pas Villiers[1], excepté *l'Ève Future* et *Tribulat Bonhomet*. Il m'a dit avec un rire : « Je le trouve insupportable. » Mais vite il a ajouté qu'il l'avait beaucoup aimé et m'a demandé depuis combien de temps je le connaissais. Pour prendre date, et au risque de te faire t'écrier que c'est sous l'influence de Gide, je m'interroge, et ne suis plus sûr d'aimer encore Villiers.

Nous avons parlé de Poë[2]. Gide l'aime beaucoup. Il était en colère d'un article brutal de Suarès-Scantrel. Il m'a récité des vers d'*Hélène* « les barques nicéennes... » Connais-tu ? Nous nous sommes enthousiasmés sur *la Dormeuse*.

---

1. Villiers de L'Isle-Adam (1838-1889), poète français auteur de *L'Ève future*. Symboliste admiré de Mallarmé.
2. Edgar Poe, écrivain américain (1809-1849), auteur des célèbres *Histoires extraordinaires* et des *Aventures d'Arthur Gordon Pym*. Il eut la chance d'être traduit en français par Baudelaire pour ses contes et par Mallarmé pour ses poèmes.

Encore ceci : nous avons échangé nos lettres de Claudel. Il m'a parlé de Jammes, de *Rayons de miel*, et de quelques critiques grammaticales qu'il glissait mélangées aux éloges dans son compte rendu. Il a dit : « Ça l'agacera, mais tant pis ! »

Il m'a conseillé après la publication de mon compte rendu de demander à Suarès *Bouclier du Zodiaque*.

En partant il m'a offert de me donner tous les livres de lui (Gide), qui me manquent. J'ai peur seulement qu'il oublie de me les envoyer.

Il est très tard. Je n'ai plus que le temps de ramasser en quelques mots le reste :

Nous n'avons pas pu avoir de places pour *l'Or du Rhin*. Gide m'a presque ordonné d'aller voir Isadora Duncan. J'irai Mercredi.

Guinle a déjeuné ici aujourd'hui. Je voulais te faire une blague. Mais j'ai oublié.

Tâche de venir Samedi.

Peut-être redonnera-t-on encore *l'Or du Rhin*. Tout le monde t'embrasse.

Ton Jacques.

Cuverville

J.R. : *4 juil. 1910*
[*À Henri Fournier et à Mme Fournier*]

4 Juillet 1910

Chère Maman[1] et Cher Henri,

Nous nous réveillons comme dans une maison de fées[2]. Nous avons tout un appartement pour nous. Et autour de nous une des campagnes les plus merveilleuses du monde : la ferme tout environnée d'arbres et vers le fond du jardin le petit mur d'Alissa[3] et une longue échappée sur la campagne.

Comme je voudrais, au milieu de ce bonheur, être certain que ni l'un ni l'autre ne nous en voulez d'être partis. Je sais bien que c'est un peu

---

1. Depuis son mariage le 24 août avec Isabelle, sœur d'Alain-Fournier, Jacques, qui avait perdu sa mère à l'âge de dix ans, a retrouvé une mère en Mme Fournier et l'appelle « Maman ».

2. Jacques et Isabelle ont été invités par André Gide et sa femme dans leur propriété de Cuverville en Normandie. Ils y séjourneront du 3 au 23 juillet.

3. Alissa, personnage principal de *La Porte étroite* de Gide paru dans *La NRF* en février, mars et avril 1909.

lâche. Mais songez que je me promettais cela depuis si longtemps, que j'ai tant travaillé cette année, que j'avais tellement besoin de campagne. Je vous en prie, dites-moi que vous nous pardonnez.

Nous sommes arrivés à 9 heures 1/4 à Criquetôt, ayant manqué naturellement la correspondance aux Ifs. Mais nous ne l'avons pas regretté. Car nous avons dîné au milieu de la pleine Normandie, dans un hameau de quelques maisons perdues au milieu des bois et des blés.

Nous vous écrirons plus longuement bientôt. Nous vous embrassons follement et de tout notre amour.

JACQUES
chez Monsieur André Gide
à Cuverville par Criquetôt-L'Esneval

S.-INF.

P.-S. : N'ayant pas vu arriver notre malle, nous avons dormi dans des chemises de nuit à Gide et à Madame Gide.

EN RELISANT TES LETTRES

En relisant tes lettres. *Comme un point d'orgue dans le décours de leurs vies, ce retour en arrière sur leur correspondance déjà longue réveille chez eux la conscience d'avoir réellement créé une œuvre littéraire.*

Alain-Fournier lui-même puisera dans ses propres lettres quelques phrases qu'il ne retouchera pas pour les insérer dans son Grand Meaulnes. *Ils constatent en même temps avec émotion la qualité exceptionnelle de leur amitié.*

J.R. : *28 nov. 1905*

Je te dirai maintenant — peut-être cela te fera-t-il plaisir — que tu es actuellement le seul être au monde, à qui je puisse dire de ces choses, étant le seul, qui ait pu les ressentir ou d'approchantes. Et vraiment, quand j'y songe un peu, à quel autre qu'à toi pourrais-je tenter de me faire comprendre ?

J.R. : *25 août 1907*

C'est vrai que notre union persiste malgré tout et pour longtemps. En relisant tes lettres, pour trier celles qui te sont utiles, j'ai senti mieux que jamais combien tu étais près de moi. Vraiment je m'attendais à les trouver un peu fanées, ces lettres. Elles m'ont surpris par leur vigueur et leur richesse. Elles sont admirables ! Vrai. Tu sais que je ne te dis pas cela par flatterie. Tu as toujours eu de tout une vision première d'une justesse frappante. Je retrouve dans une de l'an dernier l'idée de mon article sur *Pelléas* (la musique faisant craquer le drame et le débordant). Du premier coup tu as deviné Paul

Fort[1]. Alors que moi, pas convaincu d'ailleurs, je croyais devoir l'admirer. Tu as dit sur Claudel des choses divinatoires : sur sa scolastique surtout et sur son effort pour accommoder sa vision du monde au cadre traditionnel. Alors que moi je ne saisissais même pas encore en te lisant la justesse de ce que tu disais. Je suis d'une lenteur quasi désespérante à côté de toi, encombré que je suis de craintes, de circonspections et de méthodes. Ma seule utilité est de nous empêcher de passer trop vite en négligeant des détails qui « vaudraient la peine ». Mais ce n'est qu'une utilité.

Pourquoi ne pas te l'avouer ? Je n'ai jamais eu tant de confiance en toi que depuis la re-lecture de ces lettres. Outre les aperçus divinatoires (je me rappelle encore des choses sur la musique — oui — qui sont extraordinaires) il y a des fragments qui sont beaux et qu'il faut que tu recueilles. Que de choses je n'avais pas comprises d'abord ! Parce que je n'en étais pas encore là.

Je t'en prie, ne te crois pas obligé de me répondre par un éloge de mes lettres. Je sais d'ailleurs tout ce que tu pourrais me dire : révélation de Barrès, explication de Claudel, Gide, etc.

---

1. Paul Fort (1872-1960), poète français mêlé au mouvement symboliste, fondateur de la revue *Vers et Prose*.

Je ne sais si cela compense tant d'erreurs et de retards, que j'ai sur la conscience !

Je voudrais tant pourtant être un peu plus que Marthe, que l'homme de peine qui débarrasse et ouvre les portes.

J.R. : 29 août 1907

J'ai classé toutes tes lettres et je les relis maintenant en ordre. C'est un enchantement. Celles d'Angleterre (1905) sont déjà très belles. Je t'apporterai celle où tu me parles de Nançay et où tu essaies de formuler ton projet de roman. Elle est curieuse.

Très amusant ton premier contact avec Rimbaud. Tu rends le livre pour « ne pas rester une heure de plus en aussi répugnante compagnie » ; puis tu regrettes de l'avoir rendu, et tu t'exaltes sur les fragments copiés.

L'influence sur toi de Mélinand à la fin de cette année 1905 est curieuse aussi. Tu parles de « nouveaux polygones » et tu dis à propos de Nietzsche : « Et on appelle ça de la philosophie ! »

Tu crois beaucoup encore à Maeterlinck. Mais pourquoi insister sur des choses qui sont déjà si loin de nous ?

DEUXIÈME PARTIE

SERVICE MILITAIRE
DE JACQUES RIVIÈRE

La cartouche attentive
La guerre
J'ai couché dans des granges
Il est vrai qu'il faut mourir
Caractère doux et triste

Service militaire de Jacques Rivière. *(Du 26 mai 1906 au 25 avril 1907.)*

Le service militaire était autrefois une occasion exceptionnelle de rencontrer ses semblables dans un immense brassage de conditions, de cultures et de personnalités qui, joint à une épreuve physique salutaire, formait des hommes pour la vie sociale. Jacques Rivière y puisera beaucoup de force de caractère.

La cartouche attentive
au creux du fusil

J.R. : 11 juil. 1906

Je persiste à croire que l'armée est devenue inutile, qu'elle touche à son déclin et que le règne socialiste la remplacera. Je distingue cette caducité aux indices que j'ai déjà signalés : vanité et vacuité de presque tous les exercices ; formalisme surtout, formalisme, qui est toujours signe de décadence. L'armée est le refuge du formalisme. Tout s'y accomplit par rites ; on y a une superstition bizarre des distances et des hiérarchies ; les prescriptions y sont sacrées. Et tout cela indique une disparition prochaine.

Mais la mort de l'armée implique la mort de la guerre : et voici le passionnant problème.

J'ai eu pour la guerre une immense horreur. Mais je ne veux pas juger avec des répulsions. La guerre est. Il s'agit simplement de savoir pourquoi elle est, si sa cause peut la faire subsister longtemps. Or je crois discerner que la guerre satisfait un de nos instincts les plus profonds, l'instinct du risque. Il y aurait sur le risque tout un bouquin à écrire. On y montrerait que le petit enfant n'apprend à vivre qu'en se risquant, qu'en grandissant il aime se risquer, à mériter des punitions, à chercher de mauvais coups. On décrirait l'émoi délicieux des départs, la volupté de s'abandonner au péril, et la peur, qui est la passion la plus intense et la plus sensuelle qui soit, la seule qui ramasse toute notre âme en une sensation unique et terriblement primitive. On n'aurait pas de peine à montrer que, sous le couvert des prétextes politiques, c'est cet instinct du risque qui pousse les peuples les uns contre les autres. Le patriotisme sincère est-il autre chose que la joie de partir avec des étendards, et des femmes en pleurs derrière soi, sans savoir si l'on reviendra ? Moi-même j'ai senti cet âpre plaisir du danger dans le service en campagne. On se glisse, on se terre, on écoute venir l'ennemi, la fusillade se rapprocher, et sous sa main l'on sent la cartouche attentive au creux du fusil. C'est une sensation unique et passionnante. C'est de ce moment que j'ai compris la guerre.

Toute la question est donc de savoir si cet amour du péril est indéracinable chez l'homme, ou s'il peut être subordonné à une passion plus forte, celle du bien-être par exemple. Je ne crois pas qu'il puisse y avoir de passion plus forte pour contredire le goût du risque. Mais il se pourrait que le règne socialiste, en établissant un confort relatif et pour tous à peu près égal, dissimulât et fît oublier aux hommes leur plus profond, leur véritable instinct. Les réveils de cet instinct seraient isolés et taxés de crimes. N'est-ce pas un peu ce qui commence à se produire ? Le meurtre n'est-il pas une aberration du sentiment guerrier ? Un moyen qu'emploie l'individu dont les compagnons refusent de se lever pour sacrifier à son penchant et satisfaire sa sensualité ? Si la bénigne médiocrité socialiste arrive ainsi à endormir notre passion du risque, il y a des chances pour que la guerre et par suite l'armée disparaissent.

Cependant il y a une autre passion plus rare, mais qui, si elle se rencontrait exaspérée dans quelque grande âme, pourrait bien conserver encore pour un temps le régime guerrier. C'est la passion du commandement. Je sens en moi quelle volupté ce peut être de commander à des hommes, de les manier, de les pétrir, de les informer à son gré. Il y a dans l'autorité quelque chose de contre nature, de violent, qui doit donner des sensations bien intenses. Et comme je déteste être commandé, j'adorerais pouvoir commander. Ma timidité et ma voix m'en empêcheront toujours. Mais s'il se trouvait un autre Napoléon, la guerre et l'armée retrouveraient leur raison d'être.

En résumé, l'armée est primitive et elle subsiste par des instincts primitifs. La question se pose donc enfin de cette façon : savoir jusqu'à quel point le socialisme dont l'avènement est imminent, est en contradiction avec la primitivité. Et cela nous ne pouvons le savoir encore. Car il se peut que les apparences nous trompent qui nous font voir un antagonisme entre les théories égalitaires et la hiérarchisation militaire. Nous n'aboutissons donc pas à une solution mais nous posons un problème dans sa pureté et en des termes qui n'impliquent aucun jugement préalable. Nous avons donc fait œuvre d'esprits libres.

*

Quoi qu'il en soit, laissons là le régiment. Je n'en souffre pas trop en ce moment. Nous ne sommes que deux compagnies ici et nous ne faisons à peu près rien. Il y a de beaux bois, une jolie rivière. On se baigne. On a la paix. Ce n'est pas désagréable.

J'ai loué une petite chambre. La patronne m'appelle : « Mon petit ! » Je t'écris dans un peu de solitude.

Ces détails donnés je passe à de plus agréables histoires.

La guerre

A.-F. : *22 août 1906*

LA GUERRE. Juste, quoique d'allure un peu Mélinand ce que tu dis du « risque ». — de la peur, aussi — J'ai ressenti tout cela si intimement. Je pense à mon amour du football, de la bicyclette, à ce « grandissement » haletant de l'être qui se risque inutilement, à notre promenade du 14 juillet dernier sur les toits glissants, au-dessus de Luzois. J'aime tout ce que tu me dis là-dessus et que tu as senti le comique et forcé les sympathies.

Mais cet amour du risque est aussi désordonné, libre, « irréglable » que l'amour d'une femme. Et c'est pourquoi le régiment sinon la guerre est répugnant.

Je désire donc le régiment un peu pour les risques qu'il me fera entrevoir et désirer — mais je

le désire surtout parce qu'il va me mêler sans ar-
rière-pensée de rang ni d'instruction aux paysans
que je ne puis fréquenter ici comme je voudrais ;
il va me lancer parmi leur vie à eux, en me débarrassant de ma vie à moi — et puis il va me promener de force autour de Bourges, d'Avor, ou
d'ailleurs. J'ai si besoin de ces marches à l'aventure pour réveiller ce qui dort en moi.

J.R. : 29 août 1906

Mercredi.

Je ne veux pas dire que le régiment soit admirable en soi. Tu l'accuses d'être une discipline
imposée à la liberté du risque. En effet. Et de
cette discipline on souffre. Au moment où je
t'écris, je viens d'arriver vanné, crevé, énervé,
anarchiste, désespéré. Mais, au fond de moi,
j'aime le régiment parce qu'il me fait accomplir
des choses que jamais seul, je n'aurais le courage d'entreprendre ; il me force et me fouette
sans cesse ; il tire de moi tout ce que je peux
donner d'effort ; il me porte au-delà de moi-
même. Et de ce que sa discipline justement me
fait souffrir, je lui sais gré. Car la souffrance indique qu'on se tend hors de ses limites.

La force, le régiment la développe en tous avec sa morale dont la devise est : « Démerdez-vous » c'est-à-dire : « Soyez plus habile, plus vigoureux, plus rusé que les autres. Dépassez-vous en les dépassant. » Je jouis de voir les faibles écrasés, ceux qui conservent leurs scrupules et veulent maintenir la justice. La justice écrasée par la force : spectacle délicieux. La justice proteste bêtement avec des mots contre un acte, qui est tout, qui décide tout. Si tu me voyais tu ne me reconnaîtrais plus : je me débats, je vole, je tâche de ne pas me laisser monter dessus — et par tous les moyens dont je peux disposer (j'entends par force bien autre chose que les coups de poing : l'astuce, le vol, tout ce qui est hors de la justice).

J'ai couché dans des granges

J.R. : 19 sept. 1906

J'ai couché dans des granges. Une nuit il y avait tant de paille que nous étions comme enfouis dedans. J'étais sous une charrette. Il y avait de la paille jusqu'aux poutres dans le fond. Tout près il y avait des bœufs séparés de moi par des planches. Toute la nuit je les entendais bouger un peu ; et ils remuaient leurs chaînes et leur gros souffle. Il faisait tiède, fétide et délicieux.

Nous faisions la soupe sur des pierres au milieu de la rue. Des paysans nous demandaient des renseignements. Ils parlaient du temps où ils faisaient leur service aussi. Ils voulaient bien nous vendre des affaires mais ils étaient méfiants. Beaucoup retiraient les cordes des puits.

Nous partions plusieurs heures avant le jour. La lune était dans le ciel ; et le paysage approfondi. Oh ! ces marches dans l'obscurité sous la lune, avec la poussière qui couvrait les champs de chaque côté de la colonne et sous la lueur lunaire semblaient une plaine indéfinie et mouvante. Le passage dans les taillis, où la nuit s'accroissait. Et les chemins qui tournent secrètement à quelques pas de la route, dans un bois. Maisons closes, villages quittés, et le moment où les maisons s'espacent peu à peu jusqu'à la dernière parmi déjà le chant universel des grillons. La petite place de la mairie et la fontaine. On prenait de l'eau dans les bidons.

Et puis l'aube, l'aurore et tous ses enchantements et soudain le si grand jour qu'on a déjà oublié comment c'était quand il faisait nuit. La lune inutile reculée en un coin du ciel. Un jour des vapeurs immenses traînaient dans les vallées. Plus tard on a vu le fond. Il n'y avait rien.

Puis midi, midi torride et dévorant. L'ombre claire de quelques noyers et le lit sec d'une rivière à se partager entre tous. Et l'eau, l'eau. J'aimais, de celle que nous buvions, qu'elle fût lourde d'argile et chargée d'herbes ; on la tirait de puits très profonds, où il y avait des scolopendres. Au fond le seau, rejaillissait avant de s'enfoncer en s'emplissant. Et il dégouttait en remontant, et ruisselait. Parfois aussi l'eau venait par une pompe et elle était claire et froide et dure.

Encore : une nuit j'ai couché chez un boulanger. Le matin j'entendais le râle féroce et désolant des pétrisseurs. J'ai couché dans des greniers où l'on montait avec une échelle où l'on ne pouvait se tenir debout, et où l'on risquait de tomber : il y avait de vieilles choses qu'on écartait.

Il est vrai qu'il faut mourir

J.R. : 7 oct. 1906

Cenon, 7 octobre 1906

Quelle tristesse ! quelle misère ! Je souffre égoïstement mais je souffre — sans doute je ne t'imaginais que difficilement près de moi, je ne te voyais pas. Mais je te désirais si fort, je te voulais tant. La déception m'a fait mal, arrivée dans un de ces moments de détresse et d'abaissement qui se multiplient de plus en plus dans ma vie de soldat. La vie de caserne, reprise depuis ma permission me dégoûte maintenant à force d'inutilité. Je sens que je perds des forces et des instants précieux. Tout est suspendu en moi. Je ne peux plus songer qu'à mes embêtements. Tu m'aurais fait tant de bien, mon cher, cher ami. Comme nous aurions oublié ensemble !

Puis aussi, crois-le, je me désole pour toi de ces deux ans que tu as à faire. Je sens maintenant au-dessous de mes idéologies, l'amère vanité de tout ce qu'on fait au régiment. Je reviens un peu à mes anciennes répugnances, que corrigent à peine mes réflexions et mes souvenirs de la libre et belle vie des manœuvres. Si j'avais le temps, je te dirais que j'arrive peut-être à une plus juste vision, maintenant je vois tout : la caserne a supplanté la guerre, la préparation à l'acte est devenue seule importante : on oublie que c'est une préparation, on la cultive pour elle-même ; de là cet aspect d'inutilité, le fonctionnement à vide, que j'avais dès l'abord très nettement saisi. La guerre seule est belle ; l'exercice est affreux, quand il n'a plus de fin immédiate et palpable.

C'est pourquoi, malgré tout, l'armée est peut-être condamnée à mort.

Mais je quitte le général, où je m'embarque toujours invinciblement. Je reviens à déplorer que tu passes deux ans ; car tu souffriras beaucoup, non proprement de la vie que tu mèneras, mais de sentir que tu perds ton temps. On s'abaisse, on s'obscurcit. Et deux ans, c'est bien long.

Il est vrai qu'il faut mourir.

Caractère doux et triste

J.R. : 1ᵉʳ févr. 1907

Mon lieutenant, qui est l'officier le plus intelligent que je connaisse, m'a donné, en me proposant pour passer caporal, la note suivante : « Caractère doux, mais triste. » Tu ne peux savoir ce que m'a fait plaisir ce mot : mais triste. Comme c'est bien ainsi que je veux que les plus fins me voient ! Ils ne comprennent pas ma joie, ils ne comprennent pas qu'elle est faite de tant d'inquiétude et de tant de douleur qu'elle doit avoir sur son visage cette tristesse, ils ne comprennent pas (et les plus fins sentent vaguement que c'est en moi un trait essentiel) que je n'ai plus rien à voir avec le bonheur, que ma demeure est ailleurs, que dès le début de mon âge, sans cri, sans désespoir j'ai rompu avec lui d'un sourire comme à un qu'on aime bien mais à qui l'on ne veut plus se confier. Ils ne savent pas imaginer de quelle plénitude douloureuse, de quel renoncement à la joie, ma joie est faite. Ma joie, ma force, mon silence. Comme toutes les paroles que je prononce, et dans lesquelles je semble, je me semble même parfois me mettre tout entier, comme toutes mes paroles sont indifférentes ! Car j'ai mon autel secret et la paix de mon isolement.

SERVICE MILITAIRE
D'ALAIN-FOURNIER

Sept cent quarante jours !
Taciturne et paisible
Quelle est belle la Fiancée !
Ouvrier de la destinée
Manœuvres
Ce pays « sans nom »
qui serait un jardin
Une âme avec son nom

Service militaire d'Alain-Fournier. *(Du 1ᵉʳ octobre 1907 au 25 septembre 1909.)*
À l'époque le service militaire durait deux ans, soit « sept cent quarante jours ». Jacques y avait échappé en devançant l'appel et n'avait fait qu'une année.

Sept cent quarante jours !

A.-F. : 2 oct. 1907
[Carte-lettre]

23ᵉ Régiment
3ᵉ Escadron
4ᵉ Peloton
Samedi.

Mon cher Jacques,

C'est terrible. J'avoue que je suis dans un état de dépression terrible depuis mon encasernement. J'avoue que ce matin je suis retourné à la visite, dans l'espoir de me faire réformer, en me plaignant des suites de mon opération. Pas moyen. J'avoue que j'écris aux Bernard[1] pour

1. Les Bernard, famille juive dont le fils Jean avait été « cor-

obtenir l'infanterie à Paris et si possible pour me faire réformer. Et cependant on me trouve robuste, agile, et on me fait passer l'examen d'aptitude pour être brigadier, dans quatre mois. — Ah ! Sortir de là ; deux ans ! Sept-cent-quarante jours ! Quelle horreur !

Mais est-ce que tout ce que j'essaie là ne va pas me retomber sur le dos ? Réponds-moi. Conseille-moi.

J'ai ta lettre. Merci.

Taciturne et paisible

A.-F. : 24 déc. 1907

> Mardi 24 Décembre 1907
> La Chapelle.

Mon cher Jacques,

Te rappelles-tu, quand on revient d'Ivoy par la route de Bourges, une fois passé dans le bas

respondant » d'Henri durant ses années de pensionnat au lycée Voltaire. Une amitié demeura longtemps entre les deux familles qui, pendant la guerre en 1940, furent bien heureuses de trouver asile, chez Isabelle, dans le Tarn, au moment de la débâcle.

la station du chemin de fer, cette longue côte pleine de tournants qui regagne le bois ? Sur la côte, au-dessus de la vallée, arrêté dans la boue de la route, me voici encore ! me voici et je suis vivant ! toutes les couleurs de l'été qui étaient vivantes et qui ne cessaient de bouger et de papilloter sont mortes ; il n'y a plus que ces branches noires partout dressées ; et ce bleu accumulé dans les lointains sur Henrichemont et sur les bois ; et de l'eau ! L'eau, je l'entends, tout en bas, dans la Sauldre, faire son travail ; je la vois, dans la prairie en flaques nettes comme de la glace ; elle a raviné tous les chemins et fait cette boue grise qui m'empêche de monter les côtes à bicyclette. Il ne reste plus qu'elle, l'hiver, dans la campagne vide. Tout est mort, excepté elle, et moi !

Mais, je suis là, comme tout ce monde, à méditer et à attendre. Je suis arrêté et ce sont mes pensées qui travaillent. De l'autre côté de la haie, tout près de moi, sur le versant de la côte, une ferme. C'est l'hiver. Quelqu'un cogne ses sabots sur le seuil avant d'entrer, pour enlever la boue. Dans le jardin, les silos de betteraves sont entamés. De la grange au jardin, de la maison aux étables, cet après-midi d'hiver, il y a mille voyages et un monde. L'homme taciturne et paisible, qui était libre et vivant là-dedans, on me l'a enlevé et on a voulu le domestiquer. On a ri de son monde, de ses marchés, de la dévalée de ses champs et de sa pensée, taciturne et paisible.

Et maintenant j'attends qu'on nous délivre tous deux. Certes je suis vivant ; mais cette vie ne bougera et ne bondira que dans deux ans quand nous serons libres ! Pour l'instant, désemparé, défiguré, je ne sais pas même ce que j'attends. Je suis hors de l'amour puisque avec cette tête rasée et ces joues de cornemuseux, comme me disait la bonne femme, la misérable gamine même qui me poursuit depuis trois ans serait, si une fois elle m'avait vu dans cet état, pour toujours guérie de moi. Je suis hors de la littérature ; du renom, et du succès dans les examens ! puisqu'il me faut manier le fusil comme un seul homme. Mais, seulement, je me sens des muscles et du sang ; pour un instant j'ai repris mes habits légers et sans matricule : et, lourdement, obscurément, je sens que dans 21 mois ce sera quelque vie nouvelle.

Qu'il était drôle et beau, mon pays, le premier matin, Dimanche. Net comme une carte ; avec du bleu, la rivière et le ciel ; du noir, les arbres ; et le blanc de la route nationale semée de petits bonshommes — Mais mon pays n'est pas une carte, et voici que passait en voiture, ayant disposé sur la planche en arrière deux petites filles endimanchées et gelées, un homme inconnu en blouse repassée.

Qu'elle est belle
la Fiancée !

A.-F. : *Avr. 1908*

En revenant[1], tout à l'heure, j'ai pensé à t'écrire. Certes, je n'ai rien et il n'y a rien à dire. Simplement, je veux être avec toi un instant.

Je n'ai jamais vu Isabelle aussi jolie qu'hier au soir. Qu'elle est belle la Fiancée ! Les hommes qui l'ont vue auraient voulu en parler, mais n'ont pas osé. Ceux-là, longtemps, ensuite, m'ont paru comme attristés. Mélancolie cruelle et douce de voir, en prison, au collège, ou en bourgeron, passer une jeune fille.

Les bois, aux feuilles naissantes, me faisaient penser ce soir aux sous-bois formulés de Ran-

1. ... de permission.

son. C'étaient ces mêmes infinies lignes vertes indéfiniment rompues et reprises — mais sans formule.

Cette nuit, affreusement gêné, dans l'enfoncement du sommeil, je me levais, appelé par la sentinelle, pour « relever ». Il n'y avait en moi que gêne, sommeil et dégoût. Je décrochais mon fusil suintant d'humidité et je partais sous la pluie battante. Je me disais : « Il n'y a rien à trouver ici, que mon dégoût ; la pluie même ne m'est plus rien qu'ennui. »

Sous la tente des hommes, j'appelais, dans l'obscurité, les noms inconnus des remplaçants. À mesure, de place en place, une couverture s'agitait, et tout empêtré encore dans son rêve, celui-là se dressait.

Au-dehors, baïonnette au canon, par les chemins du camp sous la pluie continuelle, il est monté de la terre une sorte de buée chaude, qui nous enveloppe. Ce sont les derniers froids et tout le printemps qui s'annonce. Et voici qu'on entend sur les plus hautes branches, le rossignol. Puis un autre, au plus profond du bois. Ravissement. Appel. Rire et plénitude de l'espoir. « Eucharis m'a dit que c'était le printemps[1] ». C'est sa voix au fond du jardin. « Voix-de-la-

---

1. Rimbaud, *Illuminations*, « Après le Déluge » : « Eucharis *me* dit que c'était le printemps. »

Rose chante[1] ». Et c'est comme une cruche fraîche qu'on avale, l'été ; c'est un éclat de rire dans le bois ; ce sont comme des coups de serpette sur des branches de lilas pleins de pluie ; puis l'égouttement de leur rosée dans la buée de 2 heures du matin, la nuit où le printemps doit venir ! — Et mieux encore que tous ces mots ; je marchais, et cette voix était contre mon cœur gonflé —

L'homme qui marchait près de moi a entendu aussi —

— Il fait nuit. Je m'étais dit : je m'arrêterai à la nuit.

Je crois que je vais être aimé de mes hommes. Mais je sens que les gradés de la compagnie pour qui je suis un étranger n'attendent qu'une occasion pour me fiche dedans — Je voudrais bien sortir Jeudi.

À toi.

HENRI.

---

1. Claudel : *La Jeune Fille Violaine* : « Voix-de-la-Rose *cause* dans le soir d'argent. »

Ouvrier de la destinée

A.-F. : *4 juin 1908*
[*à Jacques Rivière et Isabelle Fournier*[1]]

Mailly (Aube)
le 4 juin 08

À Jacques et à Isabelle

Je veux, une fois, écrire rien qu'à vous deux.

Je choisis ce midi terrible où j'ai voulu sortir de l'infirmerie, encore titubant de faiblesse et de chaleur.

La tête me tourne et par la fenêtre de la cantine il y a d'effroyables effondrements de nuages tout blancs sous le soleil.

En entrant dans la tente c'est une concentration de chaleur telle qu'on se laisserait mourir sur un des lits défaits par terre, si l'on n'avait la force de sortir.

« Tout le monde marche » comme dit le rapport, depuis 3 heures du matin. Et moi j'ai l'orgueil de préférer l'atroce marche avec les plus

1. Jacques et Isabelle se sont fiancés secrètement en février.

forts à cette méditation à laquelle l'étourdisse-
ment m'oblige, cet après-midi.

Cette marche, c'est comme si, vous savez, il
y avait vingt côtes de La Sèche et de La Ma-
done[1], mille fois plus désertes et plus grises et
plus traversées de soleil que les nôtres, et qu'il
faille sans relâche les monter et les descendre ;
qu'arrivé à la plus lointaine et à la plus aride
on aperçoive enfin La Chapelle ou Neuvy-sur-
Barangeon ou Nançay.

— Ombre des granges, chambres fraîches,
buffets coloriés tout au fond, vacheries et
grands seaux de lait, et calme vie — mais quand
on arrive enfin, parmi les champs de sainfoin
abandonnés, dans la grand'rue du pays, on
aperçoit les charpentes à jour des vieilles maisons, et l'herbe pousse dans les écuries vides : ce
n'est rien ; on a vendu et laissé tout cela pour le
soleil et les canons —

Aujourd'hui, donc, je ne suis pas parti et je
pense à vous — et je pense à vous parler de moi.

C'est aux premiers frais jours de cette saison
que, ouvrier de la destinée, je vous ai amenés
l'un près de l'autre. Il y avait au fond d'une
misérable chambre une jeune petite fille vers la-

1. Lieux de la région de La Chapelle-d'Angillon, village
natal de Fournier et de sa sœur.

quelle, entre les arbres verdissants du mystérieux Boulevard St Germain, venait un jeune
homme ébloui et désirant. C'était un soir très
tard, et l'été déjà, dans les cours, causait longuement et se lamentait d'amour.

Depuis, ma besogne faite, j'ai eu l'air satisfait
de ma tâche, de n'y plus vouloir penser et de vous
abandonner en riant. Et que pouvais-je faire
d'autre ?

Manœuvres

A.-F. 8 sept. 1908

Mais les manœuvres de corps d'armée commencent de grand matin, demain. Ce soir, encore
une revue ! Les réservistes arrivent, s'entassent
avec nous. On m'appelle de tous côtés. J'entends
la voix du lieutenant Lurier, celui que vous con-
naissez bien. Je commence à sentir dans mes vêtements cette provision de poussière et de piquants
de paille qui va prospérer jusqu'au 19 septembre.
Le sac est si lourd que je vais le décharger de
ruse. Nous mangeons à la façon des poules tout
ce que à droite ou à gauche nous pouvons récol-
ter. Je suis à 150 kilomètres environ de La Cha-

pelle et à 30 kilomètres de Romorantin. Nous manœuvrons d'abord par ici. Mais nous irons vers la Sologne sans doute pour les manœuvres d'armée. Nous touchons d'ailleurs à la Sologne, dès maintenant, depuis la Loire.

Pour finir : hier, confirmation définitive, par le commandant, de mon succès à l'examen des élèves-officiers.

Poignée de main et baisers à tous.

HENRI

A.-F. : *20 sept 1908*

Le lendemain, le dernier jour, fut le plus pénible. Dans les bois de sapins brûlants où nous fîmes halte en plein midi, beaucoup tombèrent congestionnés. Toute exaltation calmée, l'épuisement maître de tous, nous pénétrâmes silencieusement, au déclin de la soirée, dans le pays que nous désirions. Aux approches de la Loire, le Cher s'élargit et la perspective qu'il ouvre sur les bois et les îles est infiniment lointaine et vague. Aucune carte et pas même la Loire n'en donne une idée. On y descend par des chemins creux comme des sources qui séparent des bois d'acacias où sont bâtis des châteaux : les pelouses vertes où traînent une barque et des rames s'abaissent jusqu'au niveau de l'eau ; des touffes de roseaux à panaches blancs s'inclinent dans les parterres ; des cygnes fléchissent le cou par-dessus les bords des ruisselets où ils glissent. Tel que sur les bords de la Tamise, mais perdu loin dans la campagne, au bord de cette nappe d'eaux si lointaines, voici étalé, reposé, luxueux ce même pays d'autrefois dont j'ai peur de parler, tant il m'est précieux et particulier. Voici encore les roseaux, les saules, la vase et le sable où les nasses s'enfoncent, les maisons d'où l'on descend par des sentiers tournants jusqu'au bord de la rivière. Et cette eau, la première où je me sois jamais baigné, où depuis des jours je désirais me jeter sans croire ce désir possible, je m'y suis enfoncé caché dans une anse de saules, ce soir-là — La nuit venue, les lumières des maisons se reflétaient dans le Cher, au loin. Arrêté sur le pont, j'ai trouvé à ce spectacle non pas un air de décor pittoresque, mais un art d'émouvante féerie, — comme si soudain, un beau soir de mon enfance se reflétait dans les eaux de fêtes.

— Trouverai-je des mots pour l'épisode qui termina notre grand voyage à pied, à la dernière heure, quand notre âme était comme notre corps, rafraîchie, reposée et comme arrêtée. Dans « les derrières », comme on dit à la Chapelle, d'une rue de ce bourg, nous avions été acheter du vin à de petits propriétaires. Entre les hauts murs, garnis de feuillage, de la cour très retirée, la porte de la maison s'ouvrait sur le palier large d'un perron. Je m'étais assis sur un rebord. Une lampe sur la table dehors, le feu de la cuisine dans la maison, le tic-tac de la pendule marquaient seuls la pulsation du grand calme un peu oppressant. Puis des gens s'affairèrent pour nos commissions ; une enfant est venue s'asseoir près de la table pour lire. Les mains sur les genoux, tirant sa petite robe, elle était d'une gravité presque douloureuse. Tout lui paraissait également et infiniment important. Elle appelait par leur nom tout entier avec « Monsieur » les gens dont sa mère avait besoin. Il y avait là, aussi, ses oncles et tantes et d'autres parents encore. Sa mère lui dit, parce qu'elle était fatiguée, en nous montrant dans l'ombre : « Si tu venais d'aussi loin qu'eux... » — Je n'ai jamais eu si intensément l'impression de deux vies, l'une extérieure et insignifiante, l'autre telle que la grave petite fille devait la concevoir. Combien tout cela devait être déjà mystérieux et passé, pour elle, combien impossible à raconter tant c'était simple. Il me semblait que je m'étais arrêté un instant dans le profond pays d'une âme vivante ; ou plutôt que cet instant-là était à moi et se trouvait au contraire parmi les origines enfantines et mystérieuses de mon âme, qui, ce soir-là, recommençait à vivre et à désirer.

Ce pays « sans nom »
qui serait un jardin

J.R. : 29 sept. 1908

Quand j'ai lu ton récit de la soirée dans le jardin avec la petite fille, j'ai compris jusqu'aux larmes en quoi cela était infiniment distant de Jammes, et terriblement beau et profond, et près de moi. Ce que je hais en Jammes, surtout depuis qu'il est catholique, c'est qu'il est satisfait ; c'est qu'il trouve *tout ça* bien, comme on est content de l'ordre qu'il y a dans une chambre. Cela lui donne un ton bénisseur, placide, ecclésiastique, au plus mauvais sens du mot. Je ne peux pas supporter qu'on ne tienne pas compte de la douleur, qu'on prétende parler de la vie et la trouver belle et complète et harmonieuse, alors que sa beauté est dans ce qu'elle a d'insupportable et de trop cruel au cœur. — Et justement c'est cela que j'aime tant dans ce que ce simple passage de ta lettre me fait entrevoir de ton œuvre. J'aime qu'il n'y ait là-dedans aucune justification, aucun paradis, aucune déchirure dans les nuages où apparaisse le Bon Dieu. J'aime que cela soit simplement là, qu'il n'y ait que ce jardin, cette lampe et cette petite fille, et qu'autour la nuit ne recèle que l'universelle douleur et l'universelle vanité. C'est en cela que c'est près de moi, et si terrible, et si doux, parce que le seul vrai calme est celui qui provient d'une certitude désespérée. Même en le relisant je ne peux expliquer davantage pourquoi ce passage m'est devenu si important, pourquoi il me donne un vrai et passionné désir de lire ton œuvre enfin réalisée. Et je ne peux m'empêcher de rire en songeant à la puérilité de mon injustice.

Et je revois aussi ce que j'appelle « l'élargissement de la vallée du Cher » et je trouve cela beau, et délicieux, et si nouveau sans qu'on puisse déterminer en quoi. Et je voudrais enfin que tes personnages s'éveillent en ce pays « sans nom » qui serait un jardin et aussi une immensité de landes, et aussi...

Une âme avec son nom

A.-F. : 2 mai 1909

Hier soir, j'assistais le Capitaine à la revue de tuniques, pour l'été. C'était la première fois qu'on les alignait ainsi tous au complet. Devant chacun nous nous arrêtions en les considérant attentivement. Le Capitaine regardait la tunique, mais moi le visage. Et je me sentais gagné par un rire : Tous raidis dans le même garde-à-vous, comme ils ont, chacun, un visage différent ! Comme chaque fois, vus de près, les traits s'organisent autrement et vivent et disent autre chose ! Comme il y en a ! et comme chacun est nouveau. Quand on pose une question, cet effort du garde-à-vous se détendant soudain, amène d'étranges déformations. J'ai vu, alors, des yeux hagards qui ne savaient où se poser... Puis, de nouveau raidie, la face est animée de nouveau par la mystérieuse palpitation intérieure. Et, continuant ma revue, j'ai l'impression en fixant une nouvelle figure, en suivant du regard la chair inégale et creusée, de façonner avec ma main, dans la terre ou dans l'air informes, une âme avec son nom.

*

Il ne faut pas juger les hommes selon ce qu'ils disent, ni selon ce qu'ils font, ni selon ce qu'ils sont. Il y faut un sens plus subtil. Il faut avoir « la passion des âmes ».

Cette femme cérémonieuse à qui l'autre jour on m'a présenté, je savais à l'avance que, dans la société, un instant après, perdue, elle aurait vers moi ce visage tourné, cette bouche tordue. Je savais que cette autre, si impertinente, robe noire balancée sur des talons Louis XV, à la fin de la réunion, s'en viendrait doucement vers moi — C'est pourquoi *l'Idiot* m'a tellement ému. — C'est pourquoi j'ai pour les femmes ce culte délicat que tu me reproches un peu : chez elles les dehors les plus fragiles, l'enveloppe la plus futile, laissent presque à découvert et comme tangible l'âme. Et c'est près d'elles que j'ai senti le plus lourdement mon âme peser.

LOURDES
ET LE CHRISTIANISME

Lourdes

Comme une montée de larmes

Cette fête à laquelle
je ne suis pas convié

« La mort,
notre très cher patrimoine »

Ce qui nous sépare
du christianisme

Comme une source
entre les feuilles

« Les peupliers en touffes,
comme des radeaux... »

Lourdes et le christianisme. *Le service militaire
d'Henri fut marqué par la découverte de Lourdes à la
fois dans Zola, dans Huysmans et dans la réalité. Sans
être particulièrement dévôt, Henri fut bouleversé par la
ferveur des foules de Lourdes. Il y retournera à plusieurs reprises toujours avec la même émotion. La recherche spirituelle de Jacques et d'Henri trouve là un
stimulant à leur cheminement vers le christianisme. Là-
dessus Henri échafaude un rêve qui mêle à la fois son
enfance et l'anniversaire de sa rencontre avec la jeune
fille du Cours-la-Reine en 1905.*

Jacques et Isabelle se sont mariés le 24 août et cette séparation d'avec son ami ne va pas sans ébranler à la fois sa relation intime avec sa sœur et son attachement à la présence permanente de Jacques à ses côtés entretenue par ses lettres lumière lunaire

Lourdes

A.-F. : 18 avr. 1909

Le Gave, dans la vallée de Laruns, est comme le « sens » du lieu, la résultante de toutes ses forces les plus secrètes.

L'autre jour, à cette manœuvre où nous avons tant souffert de la chaleur sur les côtes arides, nous apercevions les Pyrénées comme une triste chaîne infiniment lointaine de montagnes lunaires. Mais je pensais à la plus grande cascade d'Eaux-Bonnes, au bas de laquelle nous sommes descendus en roulant plusieurs fois par terre entre les rochers ; — et je désirais jusqu'à la suffocation recevoir encore au visage ce blanc nuage humide qui montait me mouiller, tandis que je regardais, accoudé, sans me lasser, le bouillonnement éperdu des eaux.

— À l'aller, nous sommes passés à Lourdes presque sans en être avertis. Je n'ai pu retenir ma grande émotion, lorsque soudain dans le site grandiose, au flanc du mont près du Gave dont nous longions l'autre rive, s'est dressée la Basilique. Et, à droite, un peu au-dessous, l'entrée sombre de la grotte où Marie est apparue : une foule humaine est amassée là et ne se disperse pas — et un grand feu de cierges brûle.

A.-F. : *2 mai 1909*

Dimanche — 3 heures de l'après-midi
[Mirande]

Mon Cher Jacques,

Je ne te dirai que l'essentiel :

J'ai commencé l'autre jour *les Foules de Lourdes* de Huysmans[1]. Je déclare tout de suite

1. Huysmans (1848-1907), écrivain français symboliste, créateur du personnage mythique Des Esseintes, devenu le symbole de la recherche esthétique avant tout. *À Rebours* est son roman le plus célèbre.

que c'est un livre de faiseur, sans style et sans
véritable émotion, sans forme, sans valeur. Cela
est plus mou que l'architecture en suif qui fait
son désespoir.

Et pourtant je suis resté en larmes toute une
matinée. Il y a là quelque chose que le cœur ne
pourrait pas supporter ; quelque chose de plus
fort que nous. J'étais revenu paisiblement de
l'exercice vers 9 h 1/2 et, près de la fenêtre
ouverte sur l'été, j'avais ouvert avec indifférence
ce livre. Je ne sais pas pourquoi tant d'émotion
soudain m'a chaviré : cela était profond et irré-
sistible ; je ne pouvais rouvrir le livre sans de
nouveau sentir le douloureux gonflement. Je ne
ferai aucune phrase pour expliquer cela. Je ne
puis guère me l'expliquer à moi-même. Je te dis
simplement le fait, pour t'avertir, pour que, bien
qu'éloignés, tu sois renseigné sur moi. Il vaut
mieux ne pas s'étendre là-dessus. Ne dis pas
chez moi que je t'ai écrit.

Comme une montée
de larmes

A.-F. : 17 mai 1909
[*À sa sœur Isabelle*]

Lundi matin, 17 mai 1909,
3 heures et demie

Petit enfant,

Je viens de recevoir ta lettre. Certes, j'aurais bien voulu t'emmener à Lourdes avec moi. — Aujourd'hui le ciel est couvert ; il tombe de temps en temps quelques gouttes d'une pluie chaude qui ne mouille même pas la route. C'est le lendemain d'une grande fête. — J'y suis allé hier ; et, malgré tant de déconvenues, le souvenir m'en revient par instants comme une montée de larmes.

Il y a d'abord, lorsqu'on arrive par la route vers le site montagneux, cette angoisse : Où est-ce ? Au flanc de laquelle ?

L'arrivée dans la ville immonde, pleine de tramways et d'hôtels, ne m'a pas distrait. J'attendais plus hideux encore.

Montés d'abord à la basilique, nous avons regardé, d'une balustrade, les malades et la foule

hydrocéphale = hydrocephalus
(fluid in brain)

priant devant la grotte et les piscines. Alors soudain j'ai été repris de cette même émotion immense et sans nom. Je ne puis savoir pourquoi tellement ce besoin de pleurer. Peut-être est-ce de cette confiance désespérée qu'ils ont. Elle a dit : « Ici, je ferai des miracles. » Et par tous les trains du monde, en se racontant doucement leurs espoirs, ils sont venus. Et ils se sont massés là, et ils attendent, ils supplient. Il y a là l'enfant hydrocéphale dans les bras de sa mère ; la femme dont le visage n'est plus qu'une plaie rouge ; tous les êtres noués, affreusement pâles dans les petites voitures ; ceux aussi que la graisse, à force d'immobilité, a déformés ; et cette petite fille, qu'une sœur retient, et qui pousse, toutes les minutes, un cri d'idiote. — Ils se sont accrochés là, en cet endroit où Elle est apparue, et c'est un effort de foi si désespéré, un tel désir, une telle confiance que presque ils La touchent, qu'ils vont La toucher, qu'un miracle va faire éclater Sa présence. Mère des infirmes ! Providence des affligés ! Vierge très pure !

Nous avons bu aux gobelets de la fontaine, car Elle a dit : « *Allez boire à la fontaine et vous y laver.* » L'eau était froide et bonne ; mais quel était ce goût que j'aurais voulu y trouver et que je n'ai pas encore senti ?

Celui qui m'accompagnait, plus catholique, mais moins croyant que moi, était silencieux, docile, naïf. Il m'a dit, après avoir traversé la grotte : « As-tu senti comme le cœur se gonfle, dans la grotte ? » Et jusqu'au soir, il a été malade. Le souvenir de je ne sais quel épisode de *Lourdes* de Zola le remuait surtout. Telle est la vertu étrange de ce lieu que les plus mauvais livres en sont mystérieusement pénétrés. Je lui ai demandé : « Pourquoi a-t-Elle dit : « *Allez manger de l'herbe qui est là.* » Il m'a répondu gravement : « Cela veut dire qu'il faut s'abaisser vers la terre. » — C'est celui qui fait de la boxe, de la course avec entraîneurs à moto, et des assurances.

Cette fête à laquelle je ne suis pas convié

A.-F. : 20 mai 1909

Jeudi de l'Ascension 1909
9 heures du matin

Mon cher Jacques,

Je reste tout ce jour enfermé dans ma maison pour souffrir plus à l'aise[1]. Depuis des semaines

1. C'est l'anniversaire de la rencontre de l'Ascension de 1905.

ceux qui me touchent la main savent que j'ai la
fièvre. La fatigue même ne me fait plus dormir.
La joie secrète de ces temps derniers est finie ;
maintenant il faut lutter contre la douleur infer-
nale. Comment traverserai-je, tout seul, cette
fête à laquelle je ne suis pas convié. De grand
matin, le soleil est entré dans l'appartement par
toutes les fenêtres et m'a réveillé ; le serviteur a
tout préparé durant la nuit, les haies de roses, la
route brûlante..., pour quelque grand anniversaire mystérieux ; et au moment de révéler à
tous le secret de sa joie, il trouve son maître seul
et en larmes et abandonné.

Cependant la messe sonne ; de temps à autre
une voiture paysanne arrive au galop. J'ai cent
petites raisons de n'y pas aller. La plus grave est
que je n'ai pas de souliers assez beaux. Je me
rappelle, dans le fond du passé, la première
messe de communion où l'on devait m'emmener. Après avoir assisté à tous les doux prépara-
tifs étranges, la lente procession des grandes
filles, comme de blancs encensoirs balancés, est
partie sans moi. Mes souliers neufs étaient trop
petits. Chaque sonnerie de cloche, durant la cé-
rémonie, dans la chapelle basse, venait réveiller
mon désespoir. Quelqu'un s'était sacrifié pour
rester avec moi et essuyait mes larmes en me
promettant vêpres... Mais aujourd'hui il n'y a
pas de compagne, pour adoucir cette amertume,

il n'y aura pas non plus de vêpres pour celui qui a manqué la messe.

J'ai repris ma misère, là où je l'avais laissée, aux grandes vacances, il y a deux ans. La fatigue, la faim, l'emprisonnement ont parlé plus fort qu'elle, mais ne l'ont pas étouffée. Me voici revenu au temps où je t'écrivais : « Rien que traverser la cour, avec cette pensée, me paraît une épreuve cruelle, une entreprise affreuse. » De nouveau, ma misère a repris ce visage. Hier, manœuvrant dans les trèfles roses, sur les coteaux, je suis soudain devenu étranger à tout ce qui n'était pas elle et, pour la première fois depuis longtemps, je l'ai regardée en face si fixement, qu'un instant j'ai pensé ne plus pouvoir faire un pas.

Et pourtant ce n'est pas cet amour qui m'arrête. Je ne suis pas un protestant. Autrefois, je pensais : si j'étais chrétien, je me ferais immédiatement prêtre, ou moine s'il était trop tard. Quand je suis allé à la Trappe et qu'il a fallu s'agenouiller dans la Chapelle, comme je savais qu'en priant pour la première fois dans une église, on est toujours exaucé, j'ai eu la force de dire, tenté par cette existence monstrueuse des religieux : « Si cela doit être, que cela soit. » Mais cela ne devait pas être ; et, après avoir beaucoup hésité, ah ! je regrette de n'avoir pas demandé à la Vierge de Lourdes ce miracle de me rendre mon amour ! Seulement la revoir une fois, regarder ce visage très pur, appuyer un instant contre ces cheveux blonds ma tête douloureuse.

« Je ne vous promets pas le bonheur dans ce monde, mais dans l'autre. »

Ainsi tant de pureté ne peut pas être de ce monde. « Allez manger de l'herbe qui est là. » Je vais relire *Dominique*, j'imagine très belle cette fin où, revenu sur sa terre, il tâche de vivre sans son amour. Mais moi, je ne renoncerai à rien. Pas une douleur, pas une passion qui ne me soit essentielle. Cette phrase admirable de Claudel, hier au soir, est venue lever ce doute et cet obstacle encore : « L'homme comme sur une croix... »

Si tu as cru que mon amour était vain et inventé ; si tu as cru que je passais un seul jour sans en souffrir, et, si, cependant, tu n'as pas vu que depuis trois ans la question chrétienne ne cessait de me torturer — certes, tu m'as méconnu — certes, tu t'es beaucoup trompé.

Si je puis entrer tout entier dans le catholicisme, je suis dès ce moment catholique.

Et l'autre jour est-ce que je ne me suis pas montré à moi-même que tout mon livre aboutissait à quelque grand triomphe de la Vierge.

Les enfants que j'aurai seront élevés le plus chrétiennement. Que je souffre, mon ami, que je souffre.

Voici plus de cinq heures que j'ai laissé cette lettre. Rien ne m'a distrait de mon angoisse. Si cela devait durer, je ne pourrais supporter long-temps ce poids du monde entier sur le cœur. Quelque chose désespérément me réclame et toutes les routes de la terre m'en séparent.

C'est à cette heure qu'il y a quatre ans, ce même jour de l'Ascension, descendant lentement le grand escalier de pierre, elle a fixé sur moi ce regard si pur que je me suis retourné...

« *La mort,*
notre très cher patrimoine »

A.-F. : 2 juin 1909

L'autre semaine, un soir, je me suis endormi sur ce mot de Claudel :

Et il en est qui, après beaucoup de labeurs,
*   à cette heure qui est entre le soleil et la lune*
*   atteignent le rafraîchissement.*
Mais ceux-ci ont été choisis entre dix mille
   et dix milliers de dix mille.
afin que...

Au matin, je me suis réveillé avec cette affirmation comme une hantise et comme un désir surhumain. Ma fenêtre ouvrait sur une campagne toute bleue comme l'intérieur d'une coquille de nacre ; tout près, de lourds feuillages fleuris trempaient dans la brume du matin. Le monde, au soleil levant, était une hymne. Je suis parti, à travers les chemins de roses, dans la Joie. Et ce grand matin-là, j'ai tout décidé, tout arrangé. Vienne l'heure du départ, tout sera près (*sic*). Avec quel amour j'ai regardé la mort — « La mort, notre très cher patrimoine » — Je te prie, toi, qui me connais, même si je ne dois jamais croire, de ne pas prendre à la légère ce que je vais dire ; depuis des années j'en ai disputé avec moi-même, mais cette fois je suis résolu : le jour où je ferai le dernier pas, si je dois le faire, j'entrerai dans les ordres et je serai missionnaire.

Car rien ne saurait me satisfaire que « d'occuper inimaginablement la plénitude » et n'avoir point d'autre joie que la Joie !

Ce qui nous sépare
du christianisme

J.R. : *4 juin 1909*

Ta lettre qui m'arrive à l'instant, mon frère, elle m'est plus délicieuse et elle me fait plus mal qu'aucune de celles déjà reçues. Je ne peux songer même à t'énumérer tous les troubles qu'elle m'est.

Il y a cette confiance en moi qui est terrible parce que je me sens si brutal à côté de toi que je ne peux comprendre comment je la mérite. Il y a surtout tout ce que tu me dis, ton séjour chez Lhote, et tout ton amour, et cette terrible résolution pour le moment où tu seras Chrétien (tu le seras), cette résolution que j'avais devinée, que ta mère craint tellement (elle nous a presque fait une scène à ce propos, disant que c'était par imitation de Claudel ! Et je n'ai pas pu lui faire sentir combien le christianisme échappait, à en rire, à toutes ses petites objections).

Il y a plus que tout ce que tu me rappelles de Claudel :

« Mais ceux-ci ont été choisis entre dix mille et dix milliers de mille. »

Cela est épouvantable pour moi, parce qu'il me semble souvent, tant ce qui nous sépare du christianisme est insaisissable et inexprimable, que l'obstacle ne consiste qu'en ce que nous ne sommes pas élus. Isabelle, je m'en souviens maintenant, m'a presque dit cela en voulant dire autre chose : « Il me semble que Dieu ne nous a pas demandé d'être chrétiens. » Mais, mon Dieu, si c'était que vous nous avez refusé de l'être. — Et quand je pense à ses larmes atroces à la pensée que nous pourrions ne pas vivre toujours, c'est comme si je me sentais coupable de sa perdition, c'est comme si c'était moi qui l'empêchais de se sauver. *Et je ne pense pas qu'aucun amour puisse compenser cela.*

Comme une source
entre les feuilles

A.-F. : *7 juil. 1909*

Mercredi 7 juillet 1909

Mon cher Jacques,

8 heures du matin. Je suis seul sous ma tente. Le camp, dans un repli de la grande plaine de

Toulouse. Après la pluie de cette nuit, vent violent dans les peupliers et sur les toiles tendues.

L'isolement, l'abstraction soudaine de cette
vie me satisfait — Dimanche, du Sud au Nord,
j'ai traversé presque la France. Les peupliers en
touffes, comme des radeaux, sur l'immense vallée tremblante, passaient. L'ombre des feuilles
coulait sur une borne kilométrique de la route
de je ne sais où. Dans chaque paysage, au bord
de la lente moisson mûre, l'ombre d'un bois, là-
bas, pleine de désirs et de promenades impossibles, venait doucement s'appuyer. Et la ville de
Province était une avenue déserte et indéfinie où
mon amour aurait pu passer.

À présent je suis seul et le monde est ramassé
sous ma tente. Il y a la table où je travaille pour
me calmer. Mon lit avec une couverture tendue
comme un dais, sous laquelle je dormirai pour
ne plus tant souffrir. Parfois toute l'ardeur du
jour est concentrée là, comme un cri, comme
l'appel de ma jeunesse. Hier au soir, après la
fête de Wagram, je me suis retiré là-dessous, et
mon amour m'y attendait, plus tenace qu'un remords, son visage immobile sur son poing, plus
cruel que le gardien de la pureté. Mais alors le
flot de l'averse nocturne s'est répandu sur nous.
Tout s'est apaisé. Et nous sommes restés là,
dans les larmes, comme l'Orphelin de la nuit,
lorsqu'il montait attendre dans le pigeonnier de

son ancienne demeure, la pluie, le petit jour et le réveil des colombes.

J'ai beaucoup de choses à raconter. Mais je n'ai pas le temps. Ce que j'ai rapporté de plus doux à me rappeler c'est une ou deux conversations avec Isabelle. Il y a chez elle une confiance, une joie et une force cachées, qu'il faut découvrir, comme une source entre les feuilles. C'est ainsi qu'elle me parlait, au temps le plus pénible de la rue Mazarine[1], comme une personne qui sait, comme une femme qui range. Tu verras cela plus tard. Tu verras tout ce qu'elle t'expliquera. Dès maintenant, réjouis-toi de cette honnêteté, de cette simplicité parfaite. Heureuse celle qui donne cette confiance ; heureuse celle en qui l'amour peut se reposer. Heureux les mariés de septembre !

Chaque grande pluie me redonne le désir délicieux de ce mois. Hier, j'ai suivi à bicyclette le long des champs de blés, longtemps, un petit ruisseau caché où sautaient les grenouilles. C'est ainsi à La Chapelle, sur le chemin des Guerris[2] et partout, avant la fin de la belle histoire et le retour sous l'averse. Malgré cette frénésie de

1. 60, rue Mazarine, premier logement d'Henri et d'Isabelle lorsqu'ils s'installèrent à Paris en 1906 pour terminer leurs études.
2. Ferme près de La Chapelle.

désir, il n'y aura pour moi que ce retour frissonnant, sans personne, à la fin du merveilleux septembre de cette année, tant attendu ! Il n'y aura pas pour moi « tant de bonheur ».

Cependant, après avoir fait de beaux raisonnements sur la prière, j'ai écouté avec grande simplicité la parole du maître : « Vous demanderez à mon père ce qu'il vous faudra, afin que votre joie soit parfaite. » Et chaque soir, depuis un mois, je prie du fond de mon incrédulité et de ma misère.

« Les peupliers en touffes, comme des radeaux... »

J.R. : 11 juil. 1909

Il y a encore des choses dans ta lettre, — pardonne-moi de les y avoir vues, — dont la précision unique, la présence immédiate vous fait comme un bouquet qu'on vous fourrerait soudain sous le nez. Je n'ai peut-être rien trouvé dans tes poèmes qui soit si prenant tout à coup, si envahissant que « les peupliers en touffes, comme des radeaux... »... Je me demande s'il ne faudrait pas te dire exactement le contraire de

ce que je te disais dans ma lettre d'avant ta venue : « Il ne faut pas que tu transposes du tout.
Il faut que tu nous jettes les choses à la figure
avec l'immédiate impression qu'elles viennent de
faire sur toi. »

Oui Isabelle est ce que tu dis. Crois-tu que je
ne m'en sois pas aperçu ? Crois-tu qu'elle ne
m'ait pas déjà « expliqué » bien des choses.

Je songe à des semaines que tu viendras passer « chez nous », à un moment quelconque de
l'année, sans que rien soit préparé ni changé
dans nos habitudes.

CATHOLICISME

La soirée du 5 janvier 1907
C'est la réponse que je veux
Un enfant revenu dans la maison de
son père
Une âme de femme
pour se risquer au voyage
Notre-Dame, la nuit
Il faudra même qu'on t'en veuille
J'ai attendu pour
en voir un se lever

Catholicisme. *Crise spirituelle. C'est le livre de bord de cette crise dont Henri note les points les plus graves pour lui. Il s'interroge sur la possibilité de redevenir pleinement chrétien. Il en mesure la gravité et confie à Jacques ses interrogations auxquelles celui-ci ne manquera pas d'opposer les siennes.*

Seul à Mirande pendant les six derniers mois de son service qu'il achève avec le grade de sous-lieutenant, Henri ne résiste pas au besoin de consulter des prêtres et de leur emprunter des livres et surtout la Bible qu'il lit et commente avec passion.

La soirée
du 5 janvier 1907

A.-F. : 26 janv. 1907

— Désirs d'ascétisme et de mortifications :
Vieux désirs sourds. Désir de pureté. Besoin de
pureté. Jalousie poignante et saignante,
Vous vous seriez endormis et satisfaits dans le
catholicisme.

— Insatisfaction éternelle de notre grande
âme (Gide-Laforgue) Amours sans réponse pour
tout ce qui est sympathies sans réponse avec
tout ce qui souffre.
Vide éternel de notre cœur, le catholicisme
vous eût comblé.

— Ambitions jamais lasses, ambitions de conqué-
rir la vie et ce qui est au-delà

votre douleur se fût calmée et votre gloire
exaltée à la promesse qu'on vous eût faite du
Paradis de votre cœur et de ses paysages.

— Mais déjà cela n'est plus le catholicisme.

Raconterons-nous la fameuse soirée du 5 janvier 1907 où nous avons voulu confondre tout
cela avec le catholicisme

où tout ce que nous redoutions depuis longtemps arrivait

où s'est tenue enfin la grande conversation de
l'âme avec l'âme.

Dans la « chambre rouge » ancienne, ce fut la
fièvre et l'enivrement de la peur, ce fut la douleur et la douceur de se séparer de tout, ce fut la
conversation secrète et sincère jusqu'aux larmes
comme de la mère avec l'enfant.

Mais la conversation ne s'est pas terminée et
ce qui avait été dit n'a pas suffi encore à remplir
notre grande âme.

Nous ne raconterons pas cette nuit, d'abord
parce que les adjurations de Claudel et l'émotion insoupçonnée d'un départ enlevaient pas
mal de sa spontanéité à cette provocation sou-

daine de toutes nos très vieilles peurs de conver-
sion.

Pourtant je veux dire ceci.

Le matin, ç'avait été une admiration très violente de Claudel et de *Partage du Midi*, puis une
révolte contre le missionnaire, un violent désir
d'être avec lui, de lui répondre de toute mon in-
solence : « Je suis ceci et ceci — et ce que j'admire en vous c'est ceci. Vous voyez bien que
vous n'avez pas prise sur moi ! »

Vers six heures, deux heures avant la crise,
j'ai reçu une carte imbécile de Guinle[1], à laquelle j'ai répondu cette lettre que je n'ai pas en-
voyée :

Mon pauvre ami,

Je viens de recevoir..., etc..., le dernier drame
de l'effroyable pasteur d'âmes, du cruel missionnaire.

À Rivière, qui me l'envoie, je répondrai en
joignant ta lettre : il comprendra que je ne t'aie
pas fait, comme il m'en prie, ses amitiés du nouvel an.

À cette heure où je me révolte, où je veux fuir
la terrible emprise, où je résiste de toute ma vie,
de tout mon amour, de toute ma sensualité —

1. Alexandre Guinle, camarade de Lakanal.

tes petites injures, ton incompréhension trop prévue me font pitié.

Je ne me séparerai pas de toi brutalement comme de Chesneau. J'estime encore en toi une grande inconsciente pureté, ta beauté d'âme, ton désir d'enthousiasmes, et surtout ta bonté. Mais cette puérilité profonde..., etc...

Je ne veux pas discuter : si je ne suis pas chrétien quand je te reverrai, nous irons ensemble au théâtre, nous continuerons à ne pas parler de choses sérieuses.

« Mais je ne serai plus ton ami — »

Je te recopie cette lettre, malgré sa puérilité, parce que c'est un document. Voudrais-je te raconter la suite que j'en serais incapable. Je me rappelle seulement que ce ne fut pas du tout abstrait, comme en donnent l'impression mes phrases du début. Je sais aussi que ce fut complet.

Comment, le lendemain, n'en est-il rien resté ?

Pourquoi nous ne serons pas Catholiques ?

Parce que notre amour ne peut pas être abstrait.

Dans chaque chose nous avons *désiré Dieu*. Dans chaque chose nous avons trouvé Dieu et le plus ardent désir de Dieu. Dans chaque chose il y a Dieu en tant qu'elle est cette chose et non pas une autre. Dans chaque chose il n'y a pas

Dieu parce qu'elle n'est pas autre chose. *Dieu n'est pas ailleurs que partout.*

b) Claudel ne nous mène à Dieu, semble-t-il, que par une résignation sentimentale.

J'ai cru tout de suite que ce serait une conquête, que Claudel ayant conquis, « compris » le monde et la vie nous ferait monter jusqu'à Dieu.

Mais il semble qu'à un moment il y ait arrêt, émotion, retour. Soudain intervention de la douleur traditionnelle, interposition de la vieille face triste *(La Ville)* .

Il recrée le monde et la vie, mais au cœur et à la douleur il ne peut que donner l'ancien Dieu.

c) Notre théorie. Nous aurions été tenté de croire ceci : la vie est immense ; dans l'espace elle a l'amplitude infinie de nos bras, je veux dire de nos désirs ; dans le temps, elle a l'amplitude infinie de notre âme, je veux dire de nos souvenirs et de nos désirs. Cela est infini. Cela doit nous suffire.

Mais voilà, ça ne nous suffit pas.

a) Chaque vie m'a fait désirer une autre vie. C'est peut-être que je ne suis pas assez haut encore pour désirer Dieu. Voilà ce dont j'ai peur.

b) Mais tout cela, disons-nous, ne suffit pas à remplir notre grande âme, non, et pas même le catholicisme.

Pas même le catholicisme.

a) Parce que nous ne voulons pas cesser de chercher autre chose, de désirer autre chose.

b) Parce que nous sommes trop psychologues. Il y aurait toujours un sourire dans notre âme que le catholicisme n'aveuglerait pas. (Ce même sourire qui m'a empêché de raconter la soirée du 5 janvier 1907.)

c) Parce que je ne veux pas me résigner à une vie à moi.

α — si j'étais catholique, je le serais aussi complètement que possible. Je serais pasteur d'âmes (Quelle frayeur j'ai toujours eue de ce désir.) Mais « cela » est une vie comme une autre. La vie des sœurs. La vie de ceux qui n'ont pas voulu de leur vie. La vie de l'infirmerie.

β — ou alors, comme Mesa, se résigner à sa vie à soi avant de posséder Dieu et pour le mériter.

Ceci est atroce. Ne pas posséder Dieu *en* se résignant. Savoir qu'il est ailleurs.

γ — Conclusion. La résignation même passionnée à cette vie à moi ne suffit pas si je crois ainsi mériter Dieu et le trouver à la sortie. Il ne faut pas l'annihilante existence (Nietzsche). Il faut que la vie se surpasse elle-même (*id.*). Il faut que je sache que je ne trouverai pas Dieu ailleurs que partout.

Je ne m'arrêterai jamais. Je m'éparpillerai éperdument. Dieu m'a donné la vie pour cela et il n'a pas prétendu se révéler autrement. Derrière chaque instant de la vie, je cherche la vie de mon paradis, derrière chaque paysage, je sens le paysage de mon paradis. Je suis satisfait.

C'est la réponse que je veux

J.R. : *30 janv. 1907*

60 rue Mazarine, Paris
30 janvier 1907

Je viens de lire ta lettre, et avant d'avoir tout compris, avant de la reprendre, me voici.

Je n'ai pas eu ma soirée du 5 Janvier. À aucun moment je ne me suis approché aussi près du catholicisme que tu sembles l'avoir fait. C'est peut-être que m'en a empêché ma lassitude physique, qui m'ôte toute ferveur et toute religion. Il n'y a en moi qu'une inquiétude latente, comme une vague attente d'une révolution soudaine et surnaturelle, un désir *passif* (et une crainte) de me réveiller, un matin, chrétien. Cet état est assez pénible. Et c'est un peu pour le faire cesser que je me suis décidé à la grande chose. J'ai fait cela un soir, rapidement, sans vouloir réfléchir, sans prendre de papier à lettres. J'ai écrit à Claudel. Je lui ai dit ceci : « Mon frère, ô vous en qui je me suis confié, c'est la réponse et la certitude, la réponse que je veux. Je réclame de vous un geste à moi, une indication qui me fasse sentir Dieu présent. J'ai le droit de l'exiger de vous, qui m'avez pris toute mon âme, pour qu'au moins elle soit entre vos mains satisfaite. » Ceci à peu près. Je lui ai envoyé cela tout de suite, sans vouloir relire plus d'une fois. Malgré toutes ces précautions pour être sincère, j'ai le remords de m'être un peu fardé. Je ne suis pas si prêt, si docile, si attendant que j'ai semblé le dire. Au contraire ce que je demande en secret, c'est de pouvoir me révolter — et comme toi — d'être insolent, de lui dire : « C'est vous que j'aime, et vos histoires ne m'intéressent pas », ou de pleurer comme le petit Léger et de lui crier : « Vous êtes méchant, vous me faites mal. Allez-vous-en. » Mais ce que je veux, ce que je veux, ce que je veux, c'est une parole de Lui à moi.

Je n'aurai la réponse que vers le 15 Avril au plus tôt. Je ne sais si mon cœur ne se brisera pas quand j'ouvrirai l'enveloppe — de terreur.

Avant ce moment formidable, dans l'attente duquel je vais vivre, voici que je peux dire :

Pourquoi je ne suis pas catholique

Pourquoi je ne le serai peut-être jamais.

De toutes les raisons extrêmement subtiles et justes pour toi que tu me donnes, je n'en retiens que deux qui soient justes *pour moi*. D'abord je ne trouve pas Dieu ailleurs que partout, je n'ai pas la force de le trouver ailleurs que partout, ma sensualité m'en éloigne en me dispersant sur les innombrables formes qui le voilent. Je ne trouve Dieu que par fragments, qu'« à mesure ». Je n'ai pas la force de me concentrer pour l'étreindre, pour l'astreindre. Je ne peux l'embrasser assez pour qu'il me soit présent, et palpable, et tout vivant contre moi. Alors ma religion ne peut être autre qu'une adoration passionnée de la nature, de ce qui est à la place de Dieu.

Moi non plus, je ne peux me résigner à ma vie, je cherche toujours. Je désire toujours, ailleurs, je veux faire tout ce que les autres font. Mais ceci n'est pas précisément une raison qui m'éloigne de Dieu. Car je sens bien que si jamais je saisissais Dieu, si je le conquérais, je ne songerais plus à autre chose qu'à lui, je vivrais *ma* vie sans désir d'aucune autre, sans m'apercevoir de ma résignation.

L'autre raison qui m'empêche d'être catholique c'est justement ce sourire dont tu parles, ce sourire, cette ironie imperceptible, ce sentiment de l'invalidité du principe de contradiction, dont je te disais qu'il faisait le fond de mon être et ma seule continuité. Sourire qui n'a rien de commun avec la bête incrédulité, mais qui est la conscience de la réalité du néant, de la vanité secrète et profonde de tout, même de Dieu. Voilà peut-être où est le blasphème irrémédiable, que je dois avouer. Même si Dieu existait, même s'il y avait un Paradis et un Enfer, je garderais le sens que « tout cela ne vaut pas bien la peine », car le Non-Être est, si l'Être est.

Ce que tu dis, que Claudel au cœur et à la douleur ne peut offrir que l'ancien Dieu, la vieille face triste s'interposant, ne m'éloigne pas du christianisme, car pourquoi voudrais-je un Dieu neuf ? Ne m'est-ce pas un plus sûr garant de son existence, qu'il ait déjà tant vécu ? Serais-je de ceux que l'histoire divine déconcerte, et qu'un peu d'exégèse rend incrédules ? Que toutes ces difficultés me laisseraient froid, si vraiment je croyais, si j'avais l'impulsion du cœur, le désir d'étreinte, le sentiment de la possession ! Comme tout alors s'arrangerait bien dans mon esprit ! Quelle paix !

La réponse et la paix, voilà ce que désormais passionnément j'attends.

31 (Jeudi)

Notes complémentaires :

a) Je songeais aujourd'hui :

Non vraiment, si Dieu m'était donné comme il faut qu'il me soit donné, si Claudel me convainc, non vraiment la question pour moi ne se poserait plus de me résigner à ma vie. L'adoration, la possession que j'imagine serait telle que rien de ces subtiles hésitations, de ces dégoûts de psychologue ne m'arrêterait plus. Dans la conscience de mon Dieu, je trouverais la raison suffisante de ma vie, et sa direction indéviable ; la vue de Dieu donnerait la « sincérité » à mon élan. Comme plus rien de ce qui ne serait pas essentiel ne me serait !

La possession de Dieu me paraît une chose telle que tout ceux qui prétendent la connaître et en qui subsistent des soucis comme les miens, je les affirme imposteurs ! Tenir Dieu et penser à autre chose !

b) Le sourire dont je parlais est bien celui de Gide : une ironie impalpable, qui est comme une lassitude de ce qu'on dit — comme une indifférence infiniment ténue et subreptice pour ce pour quoi tant l'on se passionne. Le sentiment qu'*après tout* le non-être est, lui aussi.

Un enfant revenu
dans la maison de son père

A.-F. : *27 juil. 1909*

Mardi 27 Juillet 1909

Mon cher Jacques,

Puisque peut-être tu es dans l'attente, fiévreux et malade, je te distrairai.

Cependant je suis debout depuis 4 heures, demain à 3 heures il faudra se réveiller. Je me sens obscur, impuissant, alourdi. C'est la fin de l'après-midi et il fait terriblement chaud.

Je suis allé l'autre jour chez l'aumônier de l'Hospice lui demander la Bible et les Évangiles. Il y avait chez lui le vieux curé de Miramont. Je m'en voudrais, maintenant, de ne pas leur avoir causé cette joie ! J'en suis reparti chargé de livres. Entre ces deux belles figures de vieillards, entre ces sages prud'hommes, j'étais comme un enfant revenu dans la maison de son père, encore tout ébloui du long voyage.

Jésus, selon Saint Jean. Je suis resté torturé toute une nuit. Depuis qu'il s'est fait homme, il comprend que ce qu'il avait à révéler est devenu

inexprimable. Cela de si merveilleusement simple, c'est devenu plus difficile à exprimer que le
monde à soulever. Il s'est fait homme et le voici
plus écrasé qu'un ange sous le poids de ses ailes
attachées.

Ses « paroles » les plus belles sont celles du
chap. VIII (St Jean). C'est là qu'enfin nous sommes délivrés des préoccupations de Moïse, des
conducteurs de peuple et de la Loi. — Comme
on l'importune avec cette loi, comme il s'embar-
rasse peu de la femme adultère. Ah ! il s'agit
d'autre chose que du bien et du mal ! « Vous
jugez selon la chair, dit-il, pour moi je ne juge
personne » ; et la « foule qui l'accompagne ne
connaît pas la loi ; ce sont des gens maudits » —
(chap. VII et VIII).

— Mais ses gestes sont plus beaux encore. Pas
un qui ne m'ait tiré des larmes. Comme je les ai
cherchés dans tout le livre ! Et ses apôtres, avec
une gloire et une simplicité infinies, disent tout,
ne s'embarrassant de rien, parce qu'ils l'ont vu.

— [Près du Sépulcre, Marie-Madeleine le
matin de la résurrection]

« Ayant dit cela, elle se retourna et vit Jésus
debout ; mais elle ne savait pas que ce fût Jésus. »

« Alors Jésus lui dit : Femme pourquoi
pleurez-vous ? Qui cherchez-vous ? *Pensant que
c'était le jardinier* » (on l'a déposé dans un

sépulcre neuf, dans un jardin) « elle lui dit : Seigneur, si vous l'avez enlevé, dites-moi où vous l'avez mis, et je l'emporterai ».

« Jésus lui dit : Marie. S'étant tournée, elle lui dit : Rabboni (c'est-à-dire, maître). »

— La Bible. Cela est bien superficiel et bien « moderne » d'être déçu parce qu'on y trouve comme un code en images pour un peuple primitif. Il faut chercher plus profond. J'ai lu le Lévitique, et pour presque toutes les fautes, il est dit « immundus erit usque ad vesperum ». Ah ! à chaque faute, depuis mon enfance, est-ce que je ne me sens pas aussi, dans la moelle de ma moelle, sans savoir pourquoi, « indigne d'entrer au temple et impur *jusqu'au soir* ! »

Et pourtant je suis toujours comme le damné torturé qui répond : « Je ne veux pas ! »

Une âme de femme
pour se risquer au voyage

A.-F. : 5 sept. 1909

Maintenant ai-je beaucoup changé ? Est-ce que je pense au bonheur ? Ce dimanche matin, aux premiers froids de septembre, enfermé chez moi, je lis la Bible comme le vieil anglais.

Pendant des pages, l'histoire va son train simple et solennel. Puis tout d'un coup un mot vous soulève affreusement et vous jette hors du monde, au bord du « gouffre effroyable où l'on plonge » !

— *L'ange lui répondit : « Quelque instance que vous me fassiez, je ne mangerai point de votre pain. Mais si vous voulez faire un holocauste, offrez-le au Seigneur. » Or Manné ne savait pas que ce fût l'ange du Seigneur.*
Et il dit à l'ange : « Comment vous appelez-vous ? afin que nous vous puissions honorer, si vos paroles s'accomplissent ? »
L'ange lui répondit : « Pourquoi demandez-vous à savoir mon nom qui est admirable ? » (Cur quaeris nomen meum, quod est mirabile ?).

Quel est ce désir jusqu'aux larmes que cette parole m'a donné ?

— C'est ainsi que je m'avancerai à travers le monde, avec un grand amour, silencieux et caché, de toute chose. Mais parfois mon désir d'elle sera si grand qu'il plongera de l'autre côté ! Comme quand on arrive sur une crête et qu'à travers les branches, déjà l'on découvre toute la nouvelle vallée.

Mais y aura-t-il jamais une femme, une âme de femme pour se risquer au voyage ? Saura-t-elle se détacher d'un coup et partir pour le terrible royaume inconnu.

Certes j'ai connu des jeunes filles et des femmes. Et qui me le reprochera prouvera qu'il a méconnu le pasteur d'âmes, le prince malade. Qui me le reprochera, c'est qu'il juge selon la chair. Et parmi ces femmes, il en est qui ont soupçonné l'espace d'un éclair, ce que je leur offrais et qu'elles avaient peur de prendre :

— celle qui profita de l'obscurité, un soir, dans un chemin, pour m'injurier et se moquer de mon visage et qui s'en alla en pleurant.

— celle qui me dit : Pourquoi, lorsque vous passiez aviez-vous toujours l'air de demander : « Et qui suis-je, moi ? » et de répondre : « C'est moi. »

Il y en a qui ont compris ce que je leur demandais, mais qui ne surent comment donner.

— Celle qui eut l'adorable idée de venir au premier rendez-vous avec un manteau de pauvresse.

— Celle que j'ai rencontrée avec sa sœur aînée sur un banc de jardin public, et comme je parlais plus doucement à l'aînée parce que la plus petite m'attirait davantage, alors celle-ci qui ne disait rien est partie comme pour rentrer chez elle, elle a fait ses paquets, et jamais on n'a su où elle s'était enfuie et jamais on ne l'a revue — Ah ! de celle-là est-ce que je n'ai pas tout eu ?

Notre-Dame, la nuit

A.-F. : 23 mars 1910

Pas de lettre de moi aujourd'hui. Je pense toujours écrire aux Lhote et à vous. Mais que vous dire, sans vous scandaliser ? Je crois que le caractère nouveau des gens mariés est de voir aussitôt les choses et les gens sous un jour moins favorable, de leur faire moins crédit, de se montrer plus pratiques. Je ne dis cela contre personne. Je parle dans l'abstrait.

Et puis peut-être que moi-même j'en suis déjà à la deuxième partie de *l'Esprit Souterrain* — le moment où l'on s'aperçoit que peut-être on ne répondra pas au crédit qui vous fut accordé ; le moment de la banqueroute et du lébédewisme[1].

C'est ici qu'il faudrait de l'aide. Mais à qui s'adresser ? Tout le monde est bien trop occupé.

1. De Lébédev, un personnage de Dostoïevski qui sombre dans le laisser-aller.

Ceux qui auraient le temps sont trop vertueux ou pas assez.

Je suis allé l'autre soir, à dix heures, à Notre-Dame pendant un sermon sur le carême.

Notre-Dame, la nuit. Voûtes indéfinies comme dans une forêt. Entre les piliers, là-bas, des hommes s'entrecroisent, et cherchent avec des lanternes.

C'est ainsi qu'une fois, à cette heure de la nuit, des hommes en ont cherché un autre avec des lanternes, des flambeaux et des armes.

Je sais bien qu'avant tout c'est ce drame humain qui m'émeut tellement. Mais ce qui me laisse anéanti de terreur, de délices et d'émerveillement, c'est la pensée que Dieu était peut-être là, comme le plus humain, le plus homme des hommes.

Je n'ai entendu de ce sermon que l'épigraphe : « comme il était encore loin, son père l'aperçut... ».

Je vous embrasse bien fort et j'envoie à tous ceux de là-bas un affectueux bonjour.

HENRI.

Je pense comme toi qu'il n'y a pas d'excuses mais du moins il y a des causes. Je te les dis.

Il faudra même
qu'on t'en veuille

J.R. : *14 sept. 1909*

Maintenant sur le contenu même de ce que tu nous avoues. Comment dire le trouble et l'irritation et le transport spéciaux que me donnent ces aveux ? Comme dans ton livre, dans ta vie et dans ce que tu nous en dis tu passes sans cesse des faits à leur prolongement idéal. C'est là ce qui est si troublant pour moi, d'abord à cause du besoin de découvrir la jointure, l'endroit du passage, sans pouvoir y arriver. Ensuite et surtout à cause de l'impossibilité où je suis de me reconnaître ; je ne sais plus où tu m'as jeté, ni ce qui est réel, ni s'il y a du réel, ni si tout par hasard ne serait pas réel. Tu arrives maintenant spontanément, sans chercher, à ce que tu *voulais* faire. Je te jure que ta lettre m'a d'abord affolé. Je t'en voulais même.

Il faudra que dans ton livre on ait souvent la tentation de t'en vouloir un peu, il faudra même qu'on t'en veuille. C'est là le trouble que tu dois donner. Rimbaud donne celui de se sentir brusquement ailleurs. Tu donneras celui de ne pas pouvoir comprendre comment au bout d'un moment de lecture on se trouve ailleurs.

J'ai attendu
pour en voir un se lever

A.-F. : *9 sept. 1911*

Entre deux trains, l'autre jour, à Lourdes, j'ai poussé jusqu'à la Basilique. Comme j'aurais été au buffet, pour passer le temps. J'ai pris un tramway rétif et poussiéreux qui sonnait la ferraille. Je me sentais plus nul et plus impie qu'un commis voyageur. Au débarqué, le murmure des voix est arrivé jusqu'à moi et aussitôt le charme m'a ressaisi, aussitôt ce bouleversement jusqu'aux sanglots. C'était l'heure de la Bénédiction, l'immense procession commençait à défiler, on arrangeait les malades derniers-placés. Je suis monté là-haut à la balustrade, en plein soleil, serré entre des curés et des gens qui sentaient le hareng, et il fallait sans cesse que j'essuie mes yeux pleins de larmes. Il y a là un pouvoir que je ne comprends pas. Peut-être l'assemblée de tant d'âmes où la Vierge ne cesse pas d'être apparue... Il y avait, dans le grand vide du centre, un curé pathétique et dégingandé qui criait : cette fois, tous nos malades vont être guéris ! Et les milliers de gens répétaient : « tous nos malades vont être guéris ». J'ai failli manquer mon train, tant j'ai attendu, pour en voir un se lever...

CORRECTION
FRATERNELLE

Correction fraternelle
Ce que Jacques dit
de mon enfance
Celui à qui je tiens le plus

Correction fraternelle. *L'amitié quand elle est vraie impose un devoir de critique mutuelle. C'est grâce à cette confiance que les deux « frères » ont réussi à construire un attachement inaltérable et qu'ils se sont polis l'un l'autre aux aspérités de leurs caractères différents.*

Chacun est conscient de sa personnalité et s'efforce de respecter celle de l'autre sans le soumettre. Ils acceptent cependant d'être éclairés l'un par l'autre sur leurs qualités et leurs défauts. Exemple rare pour deux jeunes gens si différents : « Nous ne nous sommes attachés que par nos différences », écrit Jacques dans La sincérité envers soi-même. *(Jacques Rivière,* Études (1909-1924), Les Cahiers de la NRF, *1999.)*

Correction fraternelle

J.R. : 30 mars 1910

Ce que j'ai à te dire je ne le sais pas exactement encore, mais je sens que cela va se développer peu à peu. Naturellement, comme toujours, ce seront des reproches. Nous ne pouvons l'un à l'autre nous faire que des reproches. Nous ne nous sommes attachés que par nos différences, que parce que nous nous complétions avec exactitude, et ces différences nous passons notre temps à ne pouvoir nous les tolérer. Si tu savais tout le mal que je dis de toi à Isabelle ? Et toi, qui n'oses en dire de moi à personne, comme tu dois souffrir !

Mais maintenant tous les reproches que je veux te faire, c'est par grand amour, c'est tant je tiens à toi, tant tu m'es indispensable, que je veux te les faire. Jamais peut-être deux hommes n'ont *tenu* l'un à l'autre comme nous. Crois-tu que je vais consentir à te voir te renoncer, comme ça, à vingt-quatre ans ?

[...] Tu es entré dans le monde, et il semble que tu n'y sois qu'en attendant d'en sortir [...]

Dans beaucoup de tes lettres, je trouve cette hostilité contre tout le monde et contre moi, un air de dire (Tu l'as dit une fois) « Marthe, Marthe, vous vous inquiétez de bien des choses » et d'ajouter à part toi : « Mais moi je suis avec Jésus. » Dans la façon dont tu as saisi le catholicisme n'y a-t-il pas beaucoup de ça, n'est-ce pas beaucoup parce que interprété d'une certaine façon, il dispense de l'activité, et vous rend pur en face de ceux qui restent parmi les soucis ? Je ne sais pas si c'est la raison. Je t'interroge. Et pour le savoir, il faut que tu t'interroges profondément. Mais eusses-tu accepté le catholicisme, comme une croisade, comme Claudel s'en est emparé ?

J'ai réfléchi aux causes de cette passivité en toi. Tu as eu une enfance si belle, si lourde d'imaginations et de paradis, qu'en la quittant la maigreur de la vie t'a découragé. Ç'a été comme si déjà tu avais vécu ta vie ; comme si tu n'avais plus qu'à la répéter en mémoire, qu'à te la raconter interminablement à toi-même. C'est terrible. Mais il ne faut pas accepter cela.

Je pense au style qu'il faudrait avoir la force d'écrire et que personne n'aura jamais le courage d'employer. C'est à peu près celui de Saint Matthieu.

Ce que Jacques dit de mon enfance

A.-F. : 4 avr. 1910

Je te remercie d'avoir fait le grand effort qu'il y avait à faire pour que tout d'un coup nous ne nous sentions pas à jamais séparés. Je veux, moi aussi, avec une sincérité grande, essayer de définir notre situation et examiner avec toi nos torts.

Je crois bien que la cause principale de nos malentendus c'est tout bonnement le fait que vous êtes mariés et que je ne le suis pas. Tu mènes une vie dont tu ne veux rien me dire. Et moi je ne puis plus rien te faire connaître de la mienne. Et nous en sommes réduits à nous juger sur l'extérieur, sur ce que fortuitement nous découvrons l'un de l'autre. De moi, tu ne sais plus rien que : Henri se lève tard et ne travaille pas beaucoup. De toi, je pourrais penser ce que n'importe qui peut croire : les Jacques sont renfermés.

Pourtant, je le répète, j'aurais eu grand besoin d'aide. L'aide que j'ai demandée n'est pas celle que vous croyez.

Se retrouver jeté dans la vie, sans savoir comment s'y tourner, ni s'y placer. Avoir chaque soir, le sentiment plus net que cela va être tout de suite fini. Ne pouvoir plus rien faire, ni même commencer, parce que cela ne vaut pas la peine, parce qu'on n'aura pas le temps. Après le premier cycle de la vie révolu, s'imaginer qu'elle est finie et ne plus savoir comment vivre... De tout cela, certes, je ne suis pas complètement guéri. Mais un grand effort que je viens de faire m'a déjà beaucoup délivré. Et puis ce n'était peut-être que de la neurasthénie.

Ce que Jacques dit de mon enfance est très vrai et très beau. Meaulnes, le grand Meaulnes, le héros de mon livre est un homme dont l'enfance fut trop belle. Pendant toute son adolescence il la traîne après lui. Par instants, il semble que tout ce paradis imaginaire qui fut le monde de son enfance va surgir au bout de ses aventures, ou se lever sur un de ses gestes. Ainsi, le matin d'hiver où, après trois jours d'absence inexplicable, il rentre à son cours comme un jeune dieu mystérieux et insolent. — Mais il sait déjà que ce paradis ne peut plus être. Il a renoncé au bonheur. Il est dans le monde comme quelqu'un qui va s'en aller. C'est là le secret de sa cruauté. Il découvre la trame et révèle la supercherie de tous les petits paradis qui s'offrent à lui — Et le jour où le bonheur indéniable, inéluctable se dresse devant lui, et appuie contre le sien son visage humain, le grand Meaulnes s'enfuit non point par héroïsme mais par terreur, parce qu'il sait que la véritable joie n'est pas de ce monde.

Celui à qui je tiens le plus

J.R. : 07 avr. 1910

Jeudi 7 avril 1910.
[Cenon]

Mon cher Henri,

Je vous ai envoyé hier une carte de Lacanau, mais comme je crains qu'elle n'arrive qu'après nous à Paris, je vais vous télégraphier. Nous avons été revoir la mer, poussés par une décision double et simultanée. Nous vous raconterons notre journée. Pour l'instant, je vais écrire simplement ce que je ne pourrais pas dire.

Cet effort — ridicule, je le sais — pour assimiler les autres à moi-même, pour les rendre comme moi, je ne le tente jamais qu'à l'égard de ceux que j'aime. C'est même à cela que je reconnais si j'aime quelqu'un. Tant que ses différences me sont indifférentes, tant que je le constate sans le juger, je sais ne point l'aimer.

Et maintenant est-ce que je vais revenir sur ce que je t'ai reproché ? Je voudrais simplement te dire que je ne te l'ai point reproché. Je voudrais que tu croies bien ceci : en t'écrivant, je n'avais pas l'idée que notre situation mutuelle fût si grave, je ne pensais pas t'avoir négligé, je ne pensais pas que tu aies pu souffrir de nous. J'ai une très brutale simplicité au fond du cœur. Je ne vois pas ce qui ne s'explique pas, ce qui ne dit pas : Je suis ainsi. Et je n'en tiens pas compte.

Mais si vraiment je t'ai blessé d'indifférence, si je n'ai pas été envers toi comme notre amitié m'imposait de l'être, je te demande pardon. Tu es de tous ceux que j'aime, celui à qui je *tiens* le plus, c'est-à-dire celui dont il est le plus indispensable que je ne sois jamais *séparé* sur aucun point par un malentendu. Si le ma-

lentendu a existé un moment, je te demande
pardon.

Si tu as besoin d'aide, tâche de me faire comprendre de laquelle. S'il te faut une confiance
perpétuelle sache que tu l'as et que c'est elle qui
s'inquiétait quand j'écrivais ma dernière lettre.
Mais sache aussi que cette confiance est exi-
geante et demande qu'on la satisfasse.

Seulement il ne faut pas nous juger, tu as raison. Je veux te dire ceci de très important :

On ne peut pas savoir la lourdeur des secrets
qu'ont à porter deux êtres qui se sont unis (Ne
jamais les accuser de bonheur).

Aime-nous.

Je t'embrasse.

                                        JACQUES.

CHARLES PÉGUY

CHARLES PÉGUY
Jeanne d'Arc
Miracles
Un homme de Dieu

Charles Péguy. *C'est une nouvelle et grande amitié pour Fournier. En 1910, Henri a lu Péguy ; il lui a écrit une lettre enthousiaste. Péguy a été aussitôt conquis par cette personnalité si proche de la sienne. Il devient un peu le grand frère d'Henri, le substitut de la présence de Jacques moins immédiate depuis son mariage.*

Henri aime chez Péguy « cet effort pour faire prendre terre... l'aventure mystique ». Cela pourrait résumer toute la philosophie d'Henri Fournier, l'auteur du Grand Meaulnes. *(Voir la correspondance Péguy-Fournier, Fayard.)*

CHARLES PÉGUY

On le découvre au fond du magasin des *Cahiers de la Quinzaine*, rue de la Sorbonne. Myope et affairé, il a le front têtu d'un boutiquier paysan. Il donne l'impression d'être vêtu de bure, peut-être parce que ses vêtements sont pauvres, mais surtout parce qu'il est ardent et passionné comme un apôtre.

Ce sont des idées qu'il vend dans sa boutique, des idées qui l'enfièvrent, l'usent et le ruinent.

Lorsqu'il en découvre une, il se fait professeur pour la mieux expliquer. Il s'enivre alors de sa propre intelligence. Il accumule les démonstrations, comme Rabelais aligne par colonnes les épithètes. Et, au besoin, pour plus de clarté, comme un professeur, il ne craint pas d'aller jusqu'au mot qui fait rire.

Alain-Fournier
(*Chroniques et Critiques*, p. 167.)

Jeanne d'Arc

A.-F. : 28 août 1910

Je viens de lire *le Mystère de la Charité de Jeanne d'Arc*. C'est décidément admirable. Je ne crains pas de le dire. Je ne me rappelle pas si Jacques l'a lu. J'aime cet effort, surtout dans le commentaire de la Passion, pour faire *prendre terre*, pour qu'on voie *par terre*, pour qu'on touche *par terre*, l'aventure mystique. Cet effort qui implique un si grand amour. Il veut qu'on se pénètre de ce qu'il dit, jusqu'à voir et à toucher. Il répète, comme les chœurs dans la Passion de Bach.

Et cela finit par atteindre à une poésie très haute. Il l'a bien senti lui-même puisque à la longue, naturellement, ce sont des vers.

L'immense discussion de la fin, entre Jeannette et Madame Gervaise, cette discussion théologique est d'un tragique extraordinaire. Je ne connais pas de dialogue dramatique qui m'ait remué davantage. Il s'agit de la fuite des disciples au Jardin des Oliviers et du reniement de Saint Pierre. Et aux admirables efforts de Madame Gervaise pour défendre les premiers disciples, à ses immenses et désespérées démonstrations, l'enfant répond avec entêtement et humilité :

« J'ai dit seulement, pardonnez-moi, je dis seulement : jamais nous autres nous ne l'aurions abandonné ; jamais des gens du pays français ne l'auraient renoncé. Jamais des gens de par ici... »

Les idées d'Hauviette, aussi, au début, sont d'une grâce inoubliable, d'une grâce française qui émeut à force de plaire.

Le plus curieux est qu'au fond de tout cela, il y a deux ou trois idées, chères à Péguy et qu'il explique et qu'il défend. Mais cet homme est un Rabelais des idées. Un professeur ivre d'intelligence. Un chroniqueur plein d'idées à raconter. Ou plutôt il n'en a pas tant que ça, mais il les a si bien vues qu'il veut les faire voir. Et il les aime tant, qu'il se fait poète pour les mieux décrire, expliquer. Et comme un professeur, dans sa classe, pour plus de clarté, il ne craint pas d'aller jusqu'au mot pour rire.

En t'écrivant ceci, je pense aussi bien à *Jeanne d'Arc* qu'à *Notre Jeunesse*.

— J'ai lu *Jeanne d'Arc* tout d'une haleine. Et comme ça ne finit pas, comme Madame Gervaise rentre pour dire autre chose, déjà — on attend, je ne plaisante pas, on attend impatiemment les onze autres mystères !

Miracles

A.-F. : 11 avr. 1911

Je suis allé voir Péguy hier au soir[1]. Il m'a dit : « C'est bien simple, je vais vous dire une chose que je n'ai pas dite souvent, car j'ai plutôt l'habitude de repousser la copie que de l'appeler : Eh bien, quand vous aurez sept machins comme votre miracle, apportez-les-moi, je les publie ici. — Vous en avez beaucoup des comme ça, dans ce jus-là ? — Ah ! mon vieux, c'est plus beau qu'Audoux. — Et puis c'est là, c'est posé, ça y est. — Les gens qui rôdent

---

1. Henri vient d'écrire une nouvelle intitulée le « Miracle de la Fermière », et l'a proposée à Péguy pour sa revue les *Cahiers de la Quinzaine*.

autour de la bonne femme, la bonne femme, c'est grand, ça, mon vieux... »

Il était horriblement pressé, du monde plein son cabinet — mais il a repris, un instant après : « Quand vous en aurez sept, nous ferons un cahier. Vous comprenez, sept, parce que c'est un chiffre sacré. »

Je lui ai parlé de Copeau. Il ne veut pas aller aux Karamazoff. Il a parlé d'*atrocités russes*. Et puis, a-t-il dit, je ne puis pas être de ces gens qui vont voir une chose et puis qui font autre chose. Au lieu que votre papier ce matin ! Je l'avais pris comme une tâche, je me disais : allons ! il faut que je lui lise cela. Et puis quand j'ai été là-dedans, mon vieux, *vos paysans si beaux...*

À côté de ça, l'opinion de Le Cardonnel. Il a dit : Vous êtes encore dans votre carapace. On sent encore l'influence de Gide. N'est-ce pas, Gide met tout sur le même plan. Tout est gris, chez lui. Mais vous arriverez à éliminer ces influences-là, à faire disparaître, par exemple, les détails inutiles. D'ailleurs, dès maintenant, vous possédez votre style. Il y a là un respect de la langue !

Jamais botte au derrière ne fut requise avec plus d'insistance.

La proposition du « cahier » chez Péguy m'a surtout fait plaisir en tant qu'éloge.

Je suis essequinté. Je renonce au banquet des courriéristes, ce soir, tant pis.

Je souhaite à Isabelle toutes les félicités, *plus une*.

HENRI.

J.R. : 13 avr. 1911

Je trouve très chic que Péguy ait aimé à ce point le *Miracle*. Mille choses pouvaient l'en empêcher. Et je crois que son témoignage touchant, l'authenticité de tes paysans est considérable. Car il est évident qu'il s'y connaît, — mieux que Morice.

Je m'amuse énormément à lire le langage qu'il t'a tenu ; ce langage de typographe supérieur. Quand il parle des bouquins, on voit qu'il en voit tout de suite la couverture : « Ah ! mon vieux, c'est plus beau qu'Audoux. » C'est comme ça qu'ils disent : « Vingt Audoux ! Amenez ! » Et puis tout de suite l'idée de publication.

Un homme de Dieu

A.-F. : 16 sept. 1911

— J'ai reçu de Péguy, hier matin, ce curieux
petit mot, daté du 8 septembre : « Je viens de
lire votre *"Portrait"*. Vous irez loin, Fournier.
Vous vous rappellerez que c'est moi qui vous
l'ai dit. Je suis votre affectueusement dévoué,
Péguy ».

À bientôt, mes chéris. Que j'ai hâte de vous
embrasser !

A.-F. : 01 janv. 1913

— De longues conversations avec Péguy sont
les grands événements de ces jours passés. De lui
aussi j'aurais voulu te parler longuement. Je dis,
sachant ce que je dis, qu'il n'y a pas eu sans
doute depuis Dostoïevski, un homme qui soit
aussi clairement « homme de Dieu ».

— Il est venu me faire lire cet après-midi la
Présentation de la Beauce à N.D. de Chartres.
Un immense poème sur son pèlerinage. C'est

APPENDICES

Je me disais, un jour, que je serais « le nocturne passeur des pauvres âmes », des pauvres vies. Je les passerais sur le rivage de mon pays où toutes choses sont vues dans leur secrète beauté.

Alain-Fournier

NAISSANCE
DU *GRAND MEAULNES*

Enfances
Écrire des romans comme
on les conçoit en Angleterre
Mon credo en art : l'enfance
Mon chemin de Damas
Une histoire assez simple
Toute mon âme déchaînée

Naissance du *Grand Meaulnes*. *Pour suivre la gesta-
tion du roman il faut revenir aux tout premiers jours de
l'amitié des deux jeunes gens, au temps où à Lakanal
ils se confiaient l'un à l'autre leur histoire personnelle et
les comparaient entre elles. C'est de ce trésor commun
que le* Grand Meaulnes *prend son origine profonde et
Jacques y eut sa part en racontant sa propre enfance.
Voyez la lettre d'Alain-Fournier à Jacques Rivière du
4 avril 1910 (dans le chapitre « Correction fraternelle ») :
« Meaulnes, le grand Meaulnes, le héros de mon livre est
un homme dont l'enfance fut trop belle », et aussi les premiers échanges sur le roman des lettres des 13, 18 et
27 août 1905 (dans le chapitre « L'Angleterre »).*

Enfances

J.R. : 7 août 1906

La maison où je suis né et où j'ai habité jusqu'à 15 ans est dans le vieux quartier de Bordeaux, étroit, humide, avec la proximité, qu'on sent, de la rivière et des quais. Cette maison était grande : elle datait du XVIIe siècle et au-dessus des fenêtres il y avait des masques de femmes sculptés. Et voici dans cette maison un souvenir délicieusement banal. Au printemps, de notre second étage (le dernier) j'écoutais les hirondelles au-dessus de notre petite cour, se poursuivre en criant et leur cri s'éteindre et revenir et s'éteindre encore. Sur la place St-Pierre des gosses jouaient à la pirouette. J'étais tout petit et sage. Je sentais en moi une quiétude déchirante. J'aurais pleuré à force de paix.

J'ai choisi exprès ce souvenir, qui est le plus banal et le plus vide pour autrui, parce qu'il m'est le plus cher et le plus intense.

Il y a aussi les montagnes, qui ont joué dans mon enfance un rôle immense. Et les tramways (oui). Et mes cruautés. Et mes remords. Et mes idées, singulières et torturées. (Je me disais (vers 10 ans) : je suis sûr qu'il y a dans le monde un autre petit garçon qui s'appelle Jacques Rivière, et qui fait en ce moment tout ce que je fais. Et je souffrais.) Puis mes insomnies. Puis la neige (très rare). Et la chambre à joujoux avec les Maisons de Poupées. Et nos rivalités de poupées avec mes frères et ma sœur. Il y a encore le Dindon du Mardi soir, il y a encore...

A.-F. : *22 août 1906*

TON ENFANCE. Je l'avais toujours pressentie telle que tu me la dévoiles un peu. Tu as su donner à ces quelques mots, jusqu'à l'intensité, la nuance particulière de ton enfance à toi. J'ai toujours connu et aimé en toi un amour presque mystique, presque épouvanté du — comment dire ? — du réalisme... du naturalisme... du particulier — amour qui contraste tellement avec tes qualités de philosophe !

Mon credo en art et en littérature : l'enfance. Arriver à la rendre sans aucune puérilité[1], avec sa profondeur qui touche les mystères. Mon livre futur sera peut-être un perpétuel va-et-vient insensible du rêve à la réalité, « Rêve » entendu comme l'immense et imprécise vie enfantine planant au-dessus de l'autre et sans cesse mise en rumeur par les échos de l'autre.

Écrire des romans comme on les conçoit en Angleterre

A.-F. : 19 févr. 1906

Faire de très beaux vers qu'on puisse lire aux veillées et réciter dans les champs. Jammes, déjà,

---

1. « Cf. J. A. Rimbaud » de la main d'Alain-Fournier ; c'est lui-même qui précise en note. Il évoque le poème de Rimbaud intitulé « Enfances » dans les *Illuminations*. L'œuvre de Rimbaud a marqué les deux amis plus qu'il n'y paraît (voir lettre du 29 août 1907 dans le chapitre « En relisant tes lettres ». Rivière écrira en 1914 une longue étude sur Rimbaud (voir *Études (1909-1924),* Gallimard, *Les Cahiers de la NRF*, 1999, p. 537 à 585).

quoi que tu en penses, est d'un art très accessible à la vie qu'il chante ; et ce n'est pas sa sensibilité qui le rend accessible, mais son art de description qui remonte ce qu'on a vu en le disant comme on n'osait et ne pouvait pas le dire. Faire *prendre conscience* comme lui de la beauté et de l'amour à tout ce qui n'en sent que le flot grondant intérieurement et invisiblement. Faire déserter les villes comme disait Laforgue, ou plutôt les faire aimer et toutes les vies qu'on y vit. Peut-être, écrire des romans comme on les conçoit en Angleterre, beaux romans pour les paysans, pour les instituteurs, pour les villes de province...

Ou plutôt non, chercher où je suis dans tout cela, retrouver ce qui y fut et y est « ma vie » et la vivre avec eux de temps à autre : mes romans.

Phrases de carnet :

— Romans sans personnages, où les personnages ne sont que le flux et le reflux de la vie et ses rencontres.

— Ne rien — même au fond — mépriser. S'y fondre, s'y confondre, s'y mêler. Y conformer sa pensée, y perdre sa pensée. Et la perdre ailleurs, le lendemain.

— Il n'y a d'atroce dans la vie que notre, nos façons de la voir — quand nous y tenons.

— Un art est perdu, un moment de l'Art est fini, quand une formule en est trouvée.

Mon credo en art : l'enfance

A.-F. : 1ᵉʳ juil. 1907

J'ai compris aussi combien, sans doute, mon livre sera peu chrétien. Puisque, sans doute, ce sera un essai, sans la Foi, de construction du monde en merveille et en mystère.

A.-F. : 23 sept. 1905

J'ai de vagues notes sur des romans futurs ou pas futurs. Une pièce commencée, suite de À travers les Étés, peut-être parties d'un tout qui s'appellerait « Un roman de province » ou « Un Roman d'Autrefois » ou rien du tout. Ça ne sera sans doute terminé que beaucoup plus tard.

A.-F. : 26 août 1908

Moi, je crois avoir trouvé, cette fois. Il n'y a pas d'idée. Il s'agit seulement d'être dans un pays. Et les impossibles personnages humains sont là ; et je bondis de délice, parfois, à voir s'organiser dans l'intrigue inexistante les mille et un épisodes.

A.-F. : *28 août 1910*

(à Bordeaux)
28 août 1910
[La Chapelle d'Angillon]
Dimanche matin

J'avais dit exactement, à Maman, ceci : « Je m'ennuierais à mourir, si je n'avais pas un but, ce livre à faire. »

Et en effet, ce calme qui, dès la première heure, vous pèse sur les épaules est quelque chose d'insupportable. On se demande si l'on résistera, si on ne ploiera pas. Et pourtant comme il m'est nécessaire.

Je lui disais aussi ceci : « Il y a plus de travail et de courage à dépenser pour écrire un premier livre qui soit un livre, qu'il en faudrait à un homme ignorant pour construire tout seul une maison. »

Je peine effroyablement. Je me bats contre tout. Chaque jour, à n'importe quelle heure, j'en écris une page, quatre pages ; puis le long de la journée je cherche à concilier, à combiner le texte. Je ne sais pas si j'arriverai.

Mon *chemin de Damas*

A.-F. : 19 sept. 1910

J'ai mis au net hier le troisième chapitre de mon roman, qui est affreusement humble et ridicule. Ma mère m'a dit :

— Ça a de la valeur. Ça fait quelque chose. Mais ce n'est pas pour des jeunes filles au sortir de pension ! On n'a jamais osé dire ça nulle part !

Ce matin au commencement de cette lettre, j'ai découvert par hasard, que l'intrigue était à peu près celle de *l'Esprit Souterrain*. Mais c'est pure coïncidence. Jamais personne n'y pensera parce que là-dedans il y aura tout moi, mes théories au passage et ce qui n'est pas mes théories ; ce que j'aurais voulu faire et — tant pis — ce que j'ai fait...

Et puis, il y aura une troisième partie, où le personnage de la première (de l'enfance) reviendra et cela montera plus haut que la pureté, plus haut que le sacrifice, plus haut que toute la désolation — à la joie.

HENRI

Une histoire assez simple

A.-F. : 20 sept. 1910

Je travaille terriblement à mon livre. Je luttais contre ma peine, contre mon énervement, chaque jour. Et, le calme enfin revenu, je pouvais me reprendre à écrire.

Pendant quinze jours je me suis efforcé de construire artificiellement ce livre comme j'avais commencé. Cela ne donnait pas grand'chose. À la fin, j'ai tout plaqué et, à ce que dit Maman et à ce que je crois, j'ai trouvé *mon chemin de Damas* un beau soir.

Je me suis mis à écrire simplement, directement, comme une de mes lettres, par petits paragraphes serrés et voluptueux, une histoire assez simple qui pourrait être la mienne. J'ai plaqué toute cette abstraction et cette philosophie dont j'étais empêtré. Et le plus épatant, c'est qu'il y a *tout* quand même, *tout moi* et non pas seulement *une* de mes idées, abstraite et quintessenciée.

J'ai lu l'autre jour un chapitre assez terne pourtant à ma grand-mère et à Maman. Un chapitre de transition. Elles étaient très émues. Depuis, ça marche tout seul.

Toute mon âme déchaînée

A.-F. : 28 sept. 1910

À propos de la lettre de Jacques :

— « Ce qu'il y a de plus ancien, de plus qu'oublié, d'inconnu à nous-mêmes. » — C'est de cela que j'avais voulu faire tout mon livre et c'était fou. C'était la folie du Symbolisme. Aujourd'hui cela tient dans mon livre la même place que dans ma vie : c'est une émotion défaillante, *à un tournant de route, à un bout de paragraphe*, un souvenir si lointain que je ne puis le replacer nulle part dans mon passé.

— De mon livre, je n'ai guère que trois chapitres de mis au net, ils sont tous les trois sur elle, mais toute l'émotion cachée qu'ils recèlent leur vient d'*une autre présence*. Vous comprenez, mon livre, c'est l'histoire de Keats : « Certains d'entre nous ont rencontré Antigone dans une autre existence, et aucun amour humain ne les saurait satisfaire[1]. » Seulement ici, c'est dans

1. Alain-Fournier confond Keats et Shelley. Il cite en réalité une lettre de Shelley à l'un de ses amis. Voir le livre de Robert Gibson *The Land Without a Name* (Paul Elek, Londres, 1975, p. 318, note 23).

cette existence même, qu'Antigone a été rencontrée.

— Et puis dans ce drame très simple, comme disait autrefois Jacques : « toute mon âme déchaînée » !

Dans la dernière partie, le héros retrouve Antigone. Il y aura là un renoncement que je veux plus beau que celui de *la Porte Étroite*. Parce qu'il ne sera pas sans raison. Parce que derrière ce geste de renoncement humain, on *sentira* tout le royaume de la joie conquis.

Huit ans après la parution du Grand Meaulnes *et la mort d'Alain-Fournier, Jacques Rivière rappelait le rôle que Péguy avait joué dans la dernière élaboration du roman.*

Au moment où Fournier venait de se décider à saisir son rêve par les ailes pour l'obliger à cette terre et le faire circuler captif parmi nous, Péguy, non seulement par ses écrits, mais par toute son attitude, le fortifiait dans la croyance que « les rêves se promènent », que l'Invisible est le vrai, ou plutôt qu'il n'y a d'Invisible que pour les âmes faibles et méfiantes.

Il corroborait ainsi chez Fournier la tendance à humaniser son merveilleux. Meaulnes et Mlle de Galais reçurent certainement de Péguy, par d'insensibles radiations, quelque chose, dans tous leurs mouvements, dans toutes leurs paroles, de plus familier ; ils s'engagèrent plus solidement et plus humblement dans la nature, dans l'événement. Sous le climat créé par Péguy, ils achevèrent de naître à la vie concrète et, sans rien perdre de leur dignité d'anges, trouvèrent les gestes précis qui les approchèrent définitivement de nous.

Péguy délivra Fournier de cette idée de *mythe*, qui l'avait toujours scandalisé ; il lui apprit, il lui permit de croire, que tout ce qu'il imaginait *avait lieu*, au sens fort de l'expression. Et ainsi se trouva activée, excitée à son comble, cette faculté, chez Fournier, qui lui faisait voir mille petits incidents à décrire, une aventure à raconter à la place du grand « mystère » qui avait si longtemps possédé obscurément son esprit.

Jacques Rivière
(Préface de *Miracles*)

YVONNE DE GALAIS

La Rencontre
(Le Grand Meaulnes)
Votre âme frêle d'ancien satin
Jour de l'Ascension
Désolation
Tel était le paysage
de notre amour
« Les donneurs de sérénades »
Plus perdue
que si Elle était morte

Yvonne de Galais. *La présence de ce personnage fictif, mais inspiré d'une femme bien réelle, sous-tend toute la vie de Fournier depuis la rencontre qu'il en fit en 1905. Il faut relire son récit dans Le Grand Meaulnes, c'est pourquoi nous l'insérons ci-dessous. Nous ne l'avons pas situé dans sa chronologie exacte afin de le rapprocher de l'époque où a paru Le Grand Meaulnes qui en est la transposition idéale. Les quelques extraits choisis marquent certains moments de cette douloureuse attente sans espoir qui ne s'achève qu'à la parution du livre et sera la conclusion d'une époque de la vie de Fournier. L'époque suivante sera brève, elle se situe entre sa rencontre avec Simone fin 1912 et sa mort prématurée le 22 septembre 1914*

LA RENCONTRE

À terre, tout s'arrangea comme dans un rêve. Tandis que les enfants couraient avec des cris de joie, que des groupes se formaient et s'éparpillaient à travers bois, Meaulnes s'avança dans une allée, où, dix pas devant lui, marchait la jeune fille. Il se trouva près d'elle sans avoir eu le temps de réfléchir :

« Vous êtes belle », dit-il simplement.

Mais elle hâta le pas et, sans répondre, prit une allée transversale. D'autres promeneurs couraient, jouaient à travers les avenues, chacun errant à sa guise, conduit seulement par sa libre fantaisie. Le jeune homme se reprocha vivement ce qu'il appelait sa balourdise, sa grossièreté, sa sottise. Il errait au hasard, persuadé qu'il ne reverrait plus cette gracieuse créature, lorsqu'il l'aperçut soudain venant à sa rencontre et forcée de passer près de lui dans l'étroit sentier. Elle écartait de ses deux mains nues les plis de son grand manteau. Elle avait des souliers noirs très découverts. Ses chevilles étaient si fines qu'elles pliaient par instants et qu'on craignait de les voir se briser.

Cette fois, le jeune homme salua, en disant très bas :

« Voulez-vous me pardonner ?

— Je vous pardonne, dit-elle gravement. Mais il faut que je rejoigne les enfants, puisqu'ils sont les maîtres aujourd'hui. Adieu. »

Augustin la supplia de rester un instant encore. Il lui parlait avec gaucherie, mais d'un ton si troublé, si plein de désarroi, qu'elle marcha plus lentement et l'écouta.

« Je ne sais même pas qui vous êtes », dit-elle enfin.

Elle prononçait chaque mot d'un ton uniforme, en appuyant de la même façon sur chacun, mais en disant plus doucement le dernier... Ensuite elle reprenait son visage immobile, sa bouche un peu mordue, et ses yeux bleus regardaient fixement au loin.

« Je ne sais pas non plus votre nom », répondit Meaulnes.

Elle hésita, le regarda un instant en souriant et dit :

« Mon nom ?... Je suis mademoiselle Yvonne de Galais... »

« Le nom que je vous donnais était plus beau, dit-il.

— Comment ? Quel était ce nom ? » fit-elle, toujours avec la même gravité[1].

Mais il eut peur d'avoir dit une sottise et ne répondit rien.

« Mon nom à moi est Augustin Meaulnes, continua-t-il, et je suis étudiant.

1. « C'est Mélisande que je voulais dire », confiera Alain-Fournier à sa sœur Isabelle qui a consigné son récit oral avec la plus grande exactitude dans ses *Images d'Alain-Fournier* (Fayard, 1989, p. 252).

— Oh ! vous étudiez ? » dit-elle. Et ils parlèrent un instant encore. Ils parlèrent lentement, avec bonheur — avec amitié. Puis l'attitude de la jeune fille changea. Moins hautaine et moins grave, maintenant, elle parut aussi plus inquiète. On eût dit qu'elle redoutait ce que Meaulnes allait dire et s'en effarouchait à l'avance. Elle était auprès de lui toute frémissante, comme une hirondelle un instant posée à terre et qui déjà tremble du désir de reprendre son vol.

Le Grand Meaulnes, chap. XV

Votre âme frêle d'ancien satin

A.-F. : 17 févr. 1906

Profil de Beata Beatrix. Regard immensément bleu comme les madones de Botticelli, immensément loin et hautain comme les femmes de Dante Gabriele, immensément confiant et faible et bleu comme *la Vie* de Watts[1] —, vous avez sombré dans les fleurs avec l'Été comme ces grands corps de Watts dans des draperies. Vous êtes tout l'art, la littérature et pourtant toute la vie. Oh ! votre âme frêle d'ancien satin, et pour-

---

1. Watts (1817-1904), peintre préraphaélite découvert en Angleterre comme Dante Gabriele Rossetti, qui fonda avec d'autres peintres l'école préraphaélite dans le projet de retrouver la simplicité d'âme et de technique des Primitifs italiens.

tant, derrière elle, la vie sur le sable et la pe-
louse, ardente, devant des châteaux, ou dans la
cour de la maison de ma grand'mère qui met
des pots d'héliotropes sur le petit mur, ou
autour de la table noire des paysans qui se nour-
rissent de pommes de terre, de travail et de
vieilles histoires — car votre âme est simple, ancienne et vraie comme la mienne. Votre âme
donne aux Rossetti et aux Watts ce grand air
délicieux qui fait le bonheur écrasé de mes
après-midi de Jeudi, la tête dans ma case à les
regarder. Ô Taille-Mince ! Votre grand manteau
marron, comme je ne le reverrai jamais !
Comme jamais je ne mettrai ma tête et mon
cœur dans un de ses plis, mon cœur où il y a
tous les horizons, les cris des chemins de fer et
des coqs dans les basses-cours des châteaux,
comme jamais je ne pleurerai doucement dedans, une après-midi que nous serons rentrés,
après des visites.

Si tu es gêné d'avoir à lire ceci, déchire-le ou
renvoie-le-moi.

Jour de l'Ascension

A.-F. 27 mai 1906

> Dimanche matin, 27 mai 06

Mon cher Jacques,

Je vais t'écrire une heure, parce que j'ai besoin de dire certaines choses ce matin, avant de me mettre à travailler.

Elle n'est pas venue.

Je m'étais dit depuis longtemps tout simplement ceci : un jeudi, jour de l'Ascension, il nous est arrivé la Belle aventure que j'ai racontée. Nous n'avons aucun moyen honnête de nous retrouver et il n'y a pour ainsi dire rien qui soit à la fois à nous deux, rien que nous sachions de nous deux, sinon le jour, l'heure et l'endroit de l'extraordinaire aventure. Je m'étais dit : Elle pourrait revenir.

Mais depuis longtemps je savais bien qu'elle ne pouvait pas venir ; et je le sais bien surtout maintenant.

— D'ailleurs fût-elle venue qu'elle n'aurait pas été la même.

— Et quand elle reviendra elle ne sera pas la même.

Jeudi, je n'ai pas eu la force de désirer que cela arrive, que je dise « c'est vous », en face à « cette chose demoiselle qui m'a si longtemps regardé de loin, de haut, sérieusement ».

« Je m'étais mis beau » et je peux même dire que j'étais plus qu'élégant. Mais seulement à l'extérieur, et il m'aurait fallu longtemps remonter la route, sur des hauteurs oubliées et perdues, pour retrouver ce désir, pour « aveindre »[1] ce désir !

Dans cette journée que je me suis donnée pour errer au travers de moi-même à la recherche de ce désir, j'ai eu comme *jamais* je ne l'avais eue, la sensation violente et par instants presque hallucinatoire qu'*en effet* je voyageais au travers de moi-même :

Je savais qu'il me fallait passer longtemps, secoué, au milieu de la misère et de la médiocrité de tout ce peuple endimanché qui est en moi, pour atteindre enfin toute la douce richesse de cet amour.

— Et je savais, à le crier ! qu'il aurait suffi d'un effort surhumain vers le désir de cet amour pour qu'Elle fût là. Et je savais aussi, à l'écrire d'avance ! que j'allais errer au-dedans de ma pauvreté jusqu'à la fatigue, jusqu'à tomber au dernier abîme de la douleur et de l'abjection qui est en moi.

---

1. « Aveindre », mot berrichon pour dire atteindre.

— Et j'acceptais cela avec une résignation écrasée et douce, je sentais qu'il fallait me faire à l'idée d'une vie nouvelle qui recommençait, et je sentais la beauté plus belle que tout, plus amère que tout, qu'il y avait à se résigner dans cette basse vie qui m'était laissée.

Désolation

A.-F. . 26 janv. 1907

Je voudrais parler de mon amour.

À cette heure, j'ai à peu près perdu son visage, il ne me reste que son expression et sa beauté.

Je voudrais seulement que tu me croies lorsque je dis qu'elle était si belle qu'il ne doit pas y en avoir de plus belle au monde.

À moi qui demandais un grand amour impossible et lointain, cet amour est venu. Et maintenant je souffre.

À moi qui croyais aux paroles du visage, cette tête si belle a parlé.

Mon ami, je voudrais te dire sa lointaine, sa fuyante beauté. Chaque jour, je trouve une explication de sa beauté et chaque fois c'est une idée que j'exprime, et toutes sont vraies. Mon ami, à quelle hauteur étais-je donc arrivé lorsque je l'ai atteinte ?

— Et pourtant c'est quelqu'un de très particulier, et qui n'a pas de conseils à recevoir de moi.

— Quand nous serons ensemble, au hasard des conversations et des souvenirs, peut-être pourrai-je te dire sa beauté.

— Un jour d'irrévérence-maladie, je l'ai appelée de ce nom qui lui va, par moments : Amy Slim (Aimée Mince, mais ces mots anglais disent plus).

— Encore ceci : on ne m'a pas compris, on n'a pas compris tout ce qu'il y avait de convenu quand je disais : « Et votre âme d'ancien satin » — On a cru que c'était une *réminiscence* de Samain[1].

A.-F. : *21 août 1907*

— Pour moi, certes, je ne ferai pas ce que je voudrai. Je souffre de la « désolation ». Mes pays n'ont plus ce visage, visage fermé, mystérieux et adorable. Mes routes ne mènent plus

1. Albert Samain (1858-1900), poète français attaché au mouvement symboliste mais teinté de romantisme.

vers les pays de cette âme, pays « curieux » et mystérieux comme elle. J'ai perdu ces « imaginations » délicieuses et amères qu'elle suscitait en moi et qui étaient toute ma vie. Maintenant, je suis seul au milieu de la terre.

— De même que dans une chambre fermée (je te le disais un jour) je ne puis vivre dans la douleur, ni la désolation. Il faut vaincre, il faut désirer, il faut imaginer, il faut vivre.

— Comme l'amour est une chose vivante ! la seule chose qui me fasse bondir et toucher les cloisons de mon âme.

Tel était le paysage
de notre amour

A.-F. : 4 juin 1908
[À *Jacques* et à *Isabelle*]

Mais, certes, vous êtes toujours près de mon cœur puisque, ces après-midi où je suis si terriblement seul et hanté c'est à vous, un peu, que je veux parler de mon amour.

Rappelez-vous, vous qui savez, que c'est dimanche prochain, jour de la Pentecôte. Ah ! c'est par cette chaleur orageuse, apaisée déjà par de lourdes pluies, qu'une grande jeune fille est venue.

Portes refermées, chèvrefeuilles par-dessus les murs, longue hampe de lilas blanc assoiffée, dans le massif du « parc ancien ».

Par-dessus le petit mur, par-delà l'horizon ce sont encore de grands jardins, avec des allées sablées, arrosées à la nuit tombante. Et elle n'y est plus.

Pourtant ce fut un grand amour partagé et des paroles furent dites.

Matin de la Pentecôte plus mystérieux que la Pentecôte. Et je ne veux plus même parler de son visage, ni de sa voix, ni de cette grande désolation convenable qui la rendait si doucement inaccessible, mais de cette pureté — de cette pureté qui faisait de l'amour, sans paroles, sans écrits, et sans la présence même des deux grands et douloureux passionnés, une contemplation, le visage dans les mains, immobile.

Jardin, le soir, quand les cigales se taisent. Soirs de première communion, quand le cœur des enfants est désolé que ce soit si vite fini, et que déjà l'on quitte les bancs de fête devant les maisons et que les vieilles portes se referment.

Tel était le paysage de notre amour. Et maintenant que les nuages orageux entre les grands blés de juin montent, — plus que jamais, tourmenté, titubant de désirs, j'erre parmi ces paysages.

Ah ! que du moins votre amour, frais comme les soirs d'Épineuil ou de La Chapelle, quand les gamins causaient de leur bonne-amie sous les sureaux qui dépassent le mur des sœurs, que cet amour soit le refuge de ma douleur, passionnée et romantique comme les grands livres de Villiers de L'Isle Adam, toute simple et émerveillée encore des jours anciens et sans retour, comme les beaux enfants que vous aurez, Claude et Jacqueline, qui regarderont sans comprendre, mais avec des yeux doux et passionnés, le pays de leur oncle.

HENRI

« *Les donneurs de sérénades* »

A.-F. : Dimanche, 6 septembre 1908
[*À René Bichet*]

L'année passée, à cette époque, on chantait « Les donneurs de sérénades[1] ». C'était le

---

1. Poème de Verlaine mis en musique par Debussy.

même temps, attente de l'hiver, feuilles rous-
sies, et bientôt les routes désertes, coupées
d'ornières, barrées de brouillard. On chantait
« leurs molles ombres bleues... leurs longues
robes à queue... » : c'était dans le salon de La
Chapelle ; et j'avais dans la bouche ce même
goût de choses âcres et mortes. Comme on
sent que tout est mort, que tout à ce goût-là.
Comme tout est déjà passé : « La jeune dame
est à Versailles, *de* ce moment[1] » et je ne savais que cela ; cela et à peine son nom. Et il y
a déjà plusieurs années ; ce ne sont plus que de
fades ombres mortes. Moi seul, je reste, éternel Clitandre, amoureux de ces mortes fanées,
avec leur goût fade, dans la bouche, prome-
neur désolé dans les sentiers de feuilles pour-
ries.

D'après ce que j'ai noté autrefois, donc, elle
eut beaucoup de gestes et de paroles que je n'ai
pas compris. Quand nous nous quittâmes (souliers noirs à nœuds de rubans très découverts ;
chevilles si fines qu'on craignait toujours de les
voir plier sous son corps) elle venait de me demander de ne pas l'accompagner plus loin. Ap-

---

1. C'était la réponse qui lui avait été donnée par le concierge
du boulevard Saint-Germain lorsqu'il lui avait annoncé que la
jeune fille du Cours-la-Reine était mariée.

puyé au pilastre d'un pont[1], je la regardais
partir. Pour la première fois depuis que je la
connaissais, elle se détourna pour me regarder.
Je fis quelques pas jusqu'au pilastre suivant,
mourant du désir de la rejoindre. Alors, beaucoup plus loin, elle se tourna une seconde fois,
complètement immobile et regarda vers moi,
avant de disparaître pour toujours. Était-ce pour,
de loin, silencieusement, m'enjoindre l'ordre de
ne pas aller plus avant ; était-ce pour que, encore une fois, face à face, je puisse la regarder
— je ne l'ai jamais su.

Plus perdue
que si Elle était morte

A.-F. : *21 sept. 1909*

Mardi soir, 21 septembre 09

Mon cher Jacques,

Toute la joie du retour, ce matin, a sombré
dans cette nouvelle que je pressentais : Elle est

1. Le pont des Invalides.

plus perdue pour moi que si Elle était morte. Je ne la retrouverai pas dans ce monde[1].

Le temps est très doux. Le soleil qui entre dans mon appartement abandonné depuis deux semaines est comme apaisé. Un calme affreux m'arrive avec les bruits lointains de cet après-midi. La peine que j'endure n'a pas de révolte ni de crise, mais c'est la plus profonde de ma vie.

Aidé par la grande fatigue accumulée les jours passés, j'ai dormi. Au réveil, accablé sur mon lit, j'ai écouté longuement un bourdonnement qui venait par ma fenêtre, des jardins de l'hôpital, de l'autre côté du mur. Dans la petite ville silencieuse et vieille, des gens s'étaient réunis là pour prier. Une voix belle, de religieuses, sans doute, mais comme lassée et déprise de la terre, répétait sans fin ; « Maintenant et à l'heure de notre mort, ainsi soit-il... et à l'heure de notre mort, ainsi soit-il... » Je ne sais ce qui m'a retenu d'aller prier avec eux.

Dans ta lettre, qui m'a tant intéressé que, par instants même, donné envie de rire, (*sic*) une

---

1. Il vient d'apprendre qu'Yvonne de Quièvrecourt est devenue mère. Il finira tout de même par la revoir en 1913 grâce à son beau-frère, Marc Rivière, qui rencontra sa sœur à Rochefort et avertit Henri qu'Yvonne venait y passer quelques jours. Dans un petit carnet noir, Henri a consigné ces quelques moments passés près d'elle au cours desquels il tint sur ses genoux les deux enfants d'Yvonne.

phrase surtout m'a touché profondément : « Il y
a des fidélités... »

J'ai lu sur une image de piété, au mur d'une
pauvre chambre, dans une ferme je ne sais où :
« Je cherche un cœur pur, pour y prendre mon
repos. » (*Imit.*[1])

Mais j'aurai beau chercher maintenant. —

1. *L'Imitation de Jésus-Christ*, livre de piété de la fin du dix-
neuvième siècle devenu une sorte de classique de la mystique.

SIMONE

Le bonheur est une chose terrible
à supporter
Amères joies

Simone. *Les deux lettres citées ne sont plus tournées vers le passé mais plutôt du côté de l'avenir incertain de ce nouvel amour auquel Jacques Rivière ne semble pas accorder une longue durée.*

Tout semble alors faire prévoir l'issue tragique qui laisse à l'histoire de Fournier son goût amer d'inachèvement.

Jacques Rivière a eu sur sa disparition les mots qui traduisent bien notre tristesse : « Il est passé entre nos mains comme une ombre rêveuse et téméraire... il ne fut peut-être pas tout à fait un être réel... » (Préface de Miracles d'Alain-Fournier, édité par Jacques Rivière en 1922.)

Le bonheur est une chose
terrible à supporter

A.-F. : 12 juil. 1913

Je veux te dire encore ceci : le bonheur est une chose terrible à supporter surtout lorsque ce bonheur n'est pas celui pour quoi on avait arrangé toute sa vie. Je n'ai rien de plus à te dire.

Je suis allé ce soir pour la première fois faire une promenade dans la campagne, à la tombée du soir. Par toute la peau, je respirais cet air, et ce goût et cette fraîcheur plus douce que tous les parfums de l'Orient.

À l'heure qu'il est — neuf heures du soir — je suis dans le petit salon. Claude joue du piano. Simone est étendue dans l'obscurité sur un grand divan. Elle m'a demandé à qui j'écrivais ; et m'a prié de faire beaucoup d'amitiés à ma sœur.

Je pense beaucoup à vous trois, par moments, ce soir. Je pense que, si ma destinée n'avait pas depuis longtemps tourné, je serais avec vous là-bas. Je n'ai pas cessé de vous aimer tous les trois aussi profondément.

HENRI.

— J'attends les épreuves du *Grand Meaulnes*[1].

Amères joies

J.R. : *8 août 1913*

Cher Henri,

Je n'aurai pas eu le temps de t'écrire. Car j'espère bien que tu arrives demain.

D'ailleurs, à tout ce que tu m'as raconté[2], quelle sorte de réaction attends-tu de moi ? Je t'ai vu indécis et partagé entre des sentiments

---

1. De la seconde partie à publier dans la *NRF* d'août.
2. Il s'agit évidemment de sa liaison avec Simone.

extrêmes. Je ne me sens pas plus que toi décidé en face d'événements si complexes. Tout ce que je peux dire, c'est que je ne vois pas là pour toi le bonheur. Mais j'ajoute aussitôt qu'il ne s'agit pas premièrement de bonheur ici-bas, ou mieux que la vraie recherche du bonheur n'est pas de ce qui se présente évidemment comme bonheur.

Est-ce un conseil que tu attendais ? Lequel te donner, lorsque je ne comprends même pas très bien le problème ?

Dans l'histoire qui t'arrive, il me semble que de deux choses l'une doit se produire : ou bien tu resteras tourné vers le passé, et de ce côté il ne peut rien y avoir que de stérile ; ou bien le présent remplacera le passé, le fera oublier ; mais tu ne peux attendre que d'amères joies d'un amour si tardif.

Je ne suis pas consolant. C'est peut-être que je ne comprends pas bien. Ce qui domine en moi, c'est l'impression de quelque chose d'impossible. Mais peut-être que l'impossible est la nourriture de l'amour, peut-être que l'amour, c'est une certaine difficulté à vivre. Je ne sais pas.

1914

La dernière lettre d'Alain-Fournier

A.-F. : 11 sept. 1914

Carte
[*À sa sœur Isabelle*]

11 septembre 1914

Je reçois bien tes lettres, ma chère petite Isabelle. Certaines me sont même parvenues au milieu du combat. Je suis en excellente santé. J'espère me rapprocher de Jacques avant peu. Je suis maintenant attaché à l'état-major à cheval. J'ai grande confiance dans l'issue de la guerre. Priez Dieu pour nous tous. Et ayez confiance aussi. Longuement, tendrement, je te serre avec ta Jacqueline dans mes bras.

Ton frère,

HENRI

Henri Fournier a été tué au combat sur les Hauts de Meuse le 22 septembre 1914. Son corps est resté disparu pendant soixante-dix-sept ans et fut retrouvé avec ceux de ses compagnons en 1990.

Voici l'hommage de son ami Jacques Rivière qui publia ses Miracles *en 1922 et y fit une préface émouvante dont voici les premières lignes.*

Comment rattraper sur la route terrible où elle nous a fuis, au-delà du spécieux tournant de la mort, cette âme qui ne fut jamais tout entière avec nous, qui nous a passé entre les mains comme une ombre rêveuse et téméraire ?

« Je ne suis peut-être pas tout à fait un être réel. » Cette confidence de Benjamin Constant, le jour où il la découvrit, Alain-Fournier en fut profondément bouleversé ; tout de suite il s'appliqua la phrase à lui-même et il nous recommanda solennellement, je me rappelle, de ne jamais l'oublier, quand nous aurions, en son absence, à nous expliquer quelque chose de lui.

Je vois bien ce qui était dans sa pensée : « Il manque quelque chose à tout ce que je fais, pour être sérieux, évident, indiscutable. Mais aussi le plan sur lequel je circule n'est pas tout à fait le même que le vôtre ; il me permet peut-être de passer là où vous voyez un abîme : il n'y a peut-être pas pour moi la même discontinuité que pour vous entre ce monde et l'autre. »

Jacques Rivière

INDEX DES NOMS DE PERSONNES
ET DES ŒUVRES CITÉES